KB121223

평행세계 속의 먼치킨 10

2023년 11월 9일 초판 1쇄 인쇄
2023년 11월 14일 초판 1쇄 발행

지은이 운천룡
발행인 강준규

기획 이기헌 왕소현 임동관 박경무 강민구 조익현
책임편집 주현진
마케팅지원 이원선

발행처 (주)로크미디어
출판등록 2003년 3월 24일
주소 서울시 마포구 마포대로 45 일진빌딩 6층
Tel (02)3273-5135 **Fax** (02)3273-5134
홈페이지 rokmedia.com **E-mail** rokmedia@empas.com

값 9,000원

ISBN 979-11-408-1140-3 (10권)
ISBN 979-11-408-0705-5 04810 (세트)

평행세계 먼치 속의 킨

운천룡 퓨전 판타지 장편소설

CONTENTS

1장

남자는 마사오 근처까지 와서 영웅을 훑어보며 물었다.

그런데도 대답이 없자 남자가 마사오를 자세히 바라보았다.

마사오의 눈에는 공포가 깃들어 있었고 남자는 그 공포가 눈앞에 서 있는 남자 때문임을 깨달았다.

"네놈이냐? 우리 길드를 건드린 놈이?"

이 모든 상황을 만든 인물이 영웅이라는 것을 눈치챈 남자가 영웅을 다시 한번 자세히 훑어보며 물었다.

그 말에 영웅이 고개를 비딱하게 돌린 뒤에 답해 주었다.

"그렇다면?"

"그렇다면? 하하하, 간이 배 밖으로 나온 모양이구나? 저런 병신들 몇 놈 쓰러뜨렸다고 기고만장한 모양인데 나는 다르단다, 아가야."

"그래? 저기 누워서 끙끙거리는 병신들이랑 그쪽이랑 내가 보기엔 별반 차이가 없어 보이는데?"

"크크크크. 너 내가 누군지 알고 지금 그렇게 입을 나불대는 것이냐?"

"네가 누군데?"

"블러드 오니, 사스케다. 어떠냐? 이제 네놈이 누굴 건드렸는지 감이 잡히느냐?"

블러드 오니, 사스케.

그는 SSS급의 각성자로 인벤 길드의 간부급이었을 뿐 아니라 일본 각성자 협회에서도 알아주는 실력자였다.

블러드 오니라 불리는 이유는 그가 전투에 들어갈 때 착용하는 오니 가면과 일단 전투에 들어가면 반드시 상대방의 피를 본다고 해서 붙여진 이름이었다.

그런 그가 짐꾼 길드인 인벤 길드에 들어간 이유는 돈과 인맥 때문이었다.

다른 길드보다 돈을 많이 주었고 또 인벤 길드장과는 어려서부터 알고 지낸 오랜 친우였기에 이곳에 소속되어 있는 것이었다.

거기에 짐꾼 길드라는 특성상 주로 상대하는 자들이 짐꾼이라는 점도 그의 맘에 들었다.

자신보다 한참 못한 이들을 괴롭히고 그들이 자신을 보며 두려워하는 것을 즐기는 자였다. 전형적인 약자에게 강한 인물.

그런 면에서 짐꾼 길드는 그에게 딱 맞는 길드였다.

비록 짐꾼 길드에 있지만, 그의 명성은 정말로 유명했다.

악랄하고 잔인하며 자비를 모르는 것으로도 악명 높았다. 이 때문에 그와는 될 수 있으면 마주치지 않으려는 각성자들이 대부분이었다.

하지만 영웅은 아니었다.

각성자들에 대해 잘 알지도 못하거니와 관심도 없었다.

자신보다 약한 것들의 이름을 일일이 외울 필요가 있을까?

영웅은 고개를 갸우뚱거리며 말했다.

"블러드 오니? 모르는데?"

정말로 몰라서 그리 말한 것인데 그 모습이 사스케를 분노하게 했다.

"크크크, 나를 화나게 하는 것이 목적이라면 축하해 주마. 성공했으니까. 그 상으로 네놈의 사지를 아주 조금씩 찢어 가며 고통을 주지."

그리 말하고는 손가락을 튕기자 몸에서 빛이 나더니, 어느새 그는 오니 모양의 투구를 쓰고 있었다.

사스케는 아이템을 완벽하게 장착하고는 말했다.

"나는 무슨 일이든 최선을 다하지. 작은 방심은 곧 큰 화를 불러오거든. 이 말이 무슨 뜻인지 아나? 네가 무엇을 하든지 나에게는 통하지 않을 것이라는 이야기지."

투구 때문에 보이지는 않았지만 웃고 있는 것이 말투에서 느껴졌다.

"뭐래? 겁나서 꽁꽁 싸맨 놈이 말은 번지르르하네. 네 몸을 두르고 있는 그것이 정말로 널 지켜 줄 것이라 생각해?"

"크크크, 혓바닥에 등급이 있다면 네놈은 레전드 등급이구나. 일단 그 빌어먹을 혓바닥부터 잘라 주지."

말이 끝남과 동시에 보이지도 않을 속도로 영웅의 입을 향해 손을 뻗었다.

당연히 손에 얼굴이 잡혀야 하는데 사스케의 손은 허공을 휘저었다.

"뭐야?"

영웅이 고개를 살짝 꺾어 피한 것이다.

"느리기까지 하네."

"무슨?"

퍼억-!

"커억!"

쩌적-!

영웅의 주먹이 사스케의 몸을 두르고 있던 갑옷을 가볍게 치자, 그와 동시에 갑옷은 금이 가며 박살 나기 시작했다.

사스케는 그 충격으로 저 멀리 날아가 데굴데굴 굴러가고 있었다.

쿠당탕탕-!

"쿨럭!"

한참을 구르다가 멈춘 사스케는 그 자리에서 한 움큼의 피를 토해 냈다.

그리고 믿을 수 없는 눈으로 영웅을 바라보았다.

SSS급 각성자에 희귀 아이템으로 도배를 한 자신을 단 한 방에 제압한 것이다.

"이, 이건 있을 수 없는…….."

"없는 일이라고? 왜 너희는 항상 너희가 원하는 대로만 생각하지? 네 눈앞에 있는 사람이 너보다 강할 것이라는 생각을 왜 안 하는 거야?"

어느새 사스케의 앞으로 다가온 영웅이 놀란 얼굴로 중얼거리던 그의 말에 대꾸해 주고 있었다.

그와 동시에 뒤에서 멍하니 서 있던 마사오에게 손가락을 까닥거렸다.

마사오는 길드뿐 아니라 일본에서도 알아주는 각성자인 사스케를 한 방에 제압하는 영웅을 보고 경악하고 있었다.

그러다 영웅이 자신을 부르는 것을 보고는 정말로 있는 힘을 다 쥐어짜서 그에게 달려갔다.

"부, 부르셨습니까!"

영웅 앞에 도착하자마자 목청껏 소리 높여 대답하는 마사오에게 영웅이 물었다.

"너희 길드 본부가 어디냐?"

"네?"

"아무리 생각해도 너희랑은 돌이킬 수 없는 사이가 된 것 같아서 말이야. 내가 찝찝한 것은 별로 좋아하지 않거든. 이왕 이렇게 시작한 거 깔끔하게 정리를 좀 해야 할 것 같아서 말이지."

"그, 그 말씀은 저, 저희 길드를….."

"정리하겠다는 뜻이지."

영웅의 말에 마사오는 침을 꿀꺽 삼키며 어찌 대답해야 할까 고민했다.

그때 옆에 쓰러져 있던 사스케가 피가래 끓는 목소리로 말했다.

"끄륵, 쿨럭! 나, 나를 이겼다고 이, 인벤 길드를 우습게 보는 모양인데. 인벤 길드 뒤에는 프리레전드와 일본 각성자 연합이 있다. 그들을 모두 적으로 돌리겠다는 것인가?"

"아, 그래? 하아……"

한숨을 쉬는 영웅을 보며 사스케는 생각했다.

'그래도 프리레전드와 일본 각성자 연합은 무서워하는구나. 잘하면 이곳을 무사히 벗어날 수 있겠어. 내가 중재를 해주겠다고 하면 저자도 받아들일 것이다.'

단 한 방에 자신을 무력화시킨 괴물이었다.

그런 그에게 사스케가 조심스럽게 입을 열려는 찰나였다.

"귀찮게. 다 족쳐야 하잖아. 에이씨, 그냥 통째로 날려 버릴까?"

사스케는 입을 열려다가 영웅의 말에 정신이 혼란해지기 시작했다.

무려 프리레전드와 일본 각성자 연합이었다.

사스케는 자신을 이렇게 쉽게 제압할 수 있는 등급이면 프리레전드급이라 생각했다.

그래서 영웅도 그와 비슷한 급이라 생각했고, 이 때문에 프리레전드 등급이 많이 포진된 일본 각성자 연합까지 상대하기에는 껄끄러울 것이라 생각했다.

그런데 웬걸?

귀찮은 표정으로 전부 날려 버리겠다고 하고 있었다.

'뭐지? 뭐야? 이 인간은 뭐냐고?'

사스케는 혼란스러웠다.

혼란스러워하는 사스케에게 영웅이 웃으며 말했다.

"속으로 중재를 해 주겠다고 생각했지? 그렇지?"

족집게가 따로 없었다.

"하지만 안 될걸. 왜냐고? 나는 한국인이니까. 이제 알겠지? 중재가 불가능한 이유를."

영웅의 말에 사스케의 동공이 커졌다.

"조, 조센징?"

빠악–!

"커헉!"

조센징이라는 단어가 나옴과 동시에 영웅의 주먹이 사스케의 안면에 적중했다.

"하하하, 미치겠네. 뭐? 조센징? 진짜, 너희 일본 놈들은 눈치가 없는 거냐? 아니면 이해력이 달리는 거냐? 어?"

자신도 모르게 나온 단어였다.

항상 한국인을 보면 내뱉은 말이었기에 자연스럽게 나온 말이었는데 그것이 영웅을 자극해 버렸다.

퍼억– 퍼퍼퍽–!

"끄억! 켁!"

영웅은 사스케의 이곳저곳을 사정없이 두들겨 패기 시작했다.

"뭐? 블러드 오니? 오냐. 그 이름대로 아주 온몸에 피 칠갑을 해 주마."

퍼퍽– 퍼퍼퍽–!

"꺼억! 켁! 그, 그만······!"

"나는 조센징이라서 일본 말 몰라요."

광기 어린 눈으로 사스케를 인정사정없이 두드려 패는 영웅이었다.

마사오는 옆에서 공포에 덜덜 떨며 눈을 감고 귀를 막은 채 엎드려 벌벌 떨었다.

그때 주변을 탐색하러 갔던 길드의 정예들이 다시 돌아왔다.

그들은 한 남자에게 사정없이 얻어맞고 있는 사스케를 바라보면서도, 지금 이게 무슨 상황인지 갈피를 잡지 못하고 있었다.

그러다가 한 사람이 외쳤다.

"뭐 해! 사스케 님을 구해!"

그 외침에 다들 정신을 차리고 영웅을 향해 달려들기 시작했다.

그에 영웅이 허공에 대고 말했다.

"아더, 거기 있는 거 다 안다. 저놈들 정리 좀 해라."

영웅의 말이 끝나기가 무섭게 달려오던 인벤 길드의 정예들 머리 위로 강력한 뇌전이 뿌려졌다.

빠지지지직─!

"끄아아아악!"

"쿠에에에엑!"

"으그그그극!"

수십 명의 각성자가 뇌전에 사로잡혀 실시간으로 구워졌다.

살이 타는 냄새가 사방에 진동했다. 그 냄새를 맡은 마사오는 제발 이것이 꿈이기를 바랐다.

마사오는 살이 타들어 가는 냄새를 맡으며 저 강력한 마법을 뿌린 인물을 찾아 헤맸다.

분명히 이곳에는 인벤 길드 사람들과 저 괴물밖에 없었다.

괴물이 누군가에게 말을 걸었고 그와 동시에 저렇게 강력한 뇌전이 뿌려진 것이다.

마사오가 아더를 발견하지 못한 이유는 아더가 영웅 몰래 따라오느라 투명화 마법을 펼친 상태였기 때문이다.

한편, 아더는 투명화를 하면 영웅이 보지 못할 것이라고 생각했는데, 자신이 이곳에 있는 것을 대번에 알아챈 영웅을 보고 깜짝 놀란 상태였다.

사실 영웅이 보지 못하는 것은 세상에 존재하지 않는다.

그의 초신안 앞에서 투명 마법은 소용이 없으니까.

'주인은 역시 대단하시다.'

아더는 영웅이 말한 이들에게 썬더 스톰을 뿌리고는 영웅을 경이로운 눈빛으로 바라보고 있었다.

"탄내가 진동한다. 그만."

영웅의 말에 아더는 곧바로 마법을 거두고 그들에게 힐링 마법을 걸었다.

영웅의 리스토어보단 못하지만 그래도 어느 정도 회복은 시켜 놓을 수 있었다.

힐링으로 몸은 얼추 치료했지만, 너무도 엄청난 고통에 인벤 길드의 각성자들은 전부 기절한 채 바닥에 쓰러졌다.

아더는 태연하게 웃으면서 영웅에게 다가가 말했다.

"주인, 시키신 대로 조용히 시켰습니다."

마사오는 아더의 말에 침을 꿀꺽 삼켰다.

괴물의 수하도 역시 괴물이었다.

"고생했다."

"헤헤, 그런데 제가 따라온 것은 어찌 아셨습니까?"

"다 보인다."

"네?"

"투명화 마법을 쓴 거지? 나한테는 다 보여."

"헐…… . 주인은 정말 대단하십니다."

아더가 감탄하며 말하자 영웅이 피식 웃었다. 그러고는 기절한 채 거품을 물고 있는 사스케를 바라보며 그의 몸에 리스토어를 걸었다.

하지만 영웅이 건 리스토어는 단순한 리스토어가 아니었다.

치료는 하되 엄청난 고통을 받도록 조처해 놓은 기술이었다.

라이프 앤드 페인.

영웅이 특별하게 만든 기술이었다.

고통을 주고 치료하고를 반복하니 귀찮았던 영웅은 그 둘을 동시에 할 수 있는 기술을 고안해 낸 것이다.

효과는 곧바로 나타났다.

"끄아아아아악!"

사스케는 눈을 번쩍 뜨더니 고통에 몸부림을 치기 시작했다.

우두둑―!

몸의 뼈가 박살이 나면서 뒤틀리더니 이내 환한 빛이 일어나며 다시 원상 복구를 시켰다.

그것이 끊임없이 반복되고 있었다.

그 끔찍한 광경을 지켜보던 마사오는 그 자리에서 정신을 잃었다.

털썩―!

"뭐야? 저놈이 왜 기절해?"

아더가 어이없는 표정으로 바라보자 영웅이 말했다.

"내버려 둬라. 걔는 이제 필요없으니까."

그리고 기절도 못 하고 끊임없이 고통을 받는 사스케를 가만히 바라보다가 손을 휘저었다.

"헉헉! 쿨럭! 쿨럭!"

영웅의 손짓에 고통이 사라지고 사스케는 거친 숨을 내쉬며 연신 기침을 해 댔다.

"어때? 조센징의 손맛이?"

영웅의 말에 화들짝 놀란 사스케가 재빨리 엎드리고는 자신의 머리를 땅에 마구 박으며 사죄하기 시작했다.

쾅쾅―!

"제, 제가 죽을죄를 지었습니다! 요, 용서해 주십시오! 다, 다신 그런 못된 말을 입 밖으로 꺼내지 않겠습니다! 한국인 만세! 한국인은 세계 최고의 민족입니다! 한국인 사랑합니다!"

어찌나 세게 박았는지 머리에서 피가 흘러나오고 있었지만, 사스케는 아랑곳하지 않고 계속 머리를 박았다.

조금 전에 자신이 당했던 고통에 비하면 지금 머리에서 오는 고통은 그냥 애들 장난 수준이었다.

아니, 차라리 이렇게 머리를 박다가 죽는 것이 훨씬 편안하고 좋을 것 같았다.

"그만!"

멈칫-!

영웅의 한마디에 사스케의 움직임이 그대로 멈췄다.

멈춘 사스케를 옆에 두고 영웅이 무언가를 생각하기 시작했다.

"생각해 보니 이 모든 일의 시작은 너희가 한국을 인정하지 않아서잖아. 그렇지?"

"그, 그렇습니다."

"아니, 왜 레전드 등급이 둘이나 있는 국가를 무시하지? 이해할 수가 없네?"

"네에? 서, 설마 그게 정말이었습니까?"

"뭐가?"

"레전드 등급이 둘이나 나왔다는 소문이……."

"누가 소문이래? 사실인데. 세계 각성자 협회에서도 인정했는데?"

"이, 이럴 수가. 그, 그렇다면 일본 각성자 협회에서 저희를 철저하게 속였다는 이야기인데……."

"뭔 소리야? 아니 최첨단 정보화 시대에 속을 수가 있나? 다른 것도 아니고 레전드 등급이면 엄청난 일인데?"

"저, 저희는 다른 것보다 일본 협회의 말을 중시합니다. 일본 협회에서 거짓이라고 말했다면 그것은 거짓입니다. 다른 루트로 정보를 검색한다면 배반자가 되는 것이죠. 거기에 모든 언론을 각성자 협회가 잡고 있기도 하고요."

"뭔, 전국시대에 소 풀 뜯어 먹는 소리야. 너네는 아직도 그 시절에 머물러 있구나?"

영웅의 말에 사스케가 고개를 푹 숙였다.

부끄러웠다.

"나 참나. 우물 안 개구리가 여기 있었네. 아니, 일본이면 작은 나라도 아니고 어디 변방 구석에 있는 나라도 아닌데, 그걸 그대로 믿는단 말이야?"

영웅은 이해할 수가 없었다.

정말로 알면 알수록 모를 나라였다.

이런 나라가 세계를 선도하는 선진국에 각성자 강대국이라니.

웃음만 나올 뿐이었다.

"뭐, 됐고. 암튼 너희가 우리 한국을 인정하지 않아서 벌어진 일이라는 거잖아."

"그, 그렇습니다."

"그럼 인정하게 만들면 되겠네. 가서 전해라. 여기는 이제부터 한국이 맡게 되었다고. 억울하면 뺏으러 오라고 전해."

"네?"

"뭐, 나에 관한 얘기를 세세하게 전해도 되고. 어차피 믿지 않겠지만."

영웅의 말에 사스케는 자신도 모르게 고개를 끄덕였다.

무의식적으로 동의한 것이다.

보고도 믿기지 않는데 말로 전달한다고 믿을 리가 없었다.

"그냥 영웅익스프레스라는 곳에 이곳 거점을 빼앗겼고 그들의 뒤에는 한국의 레전드 등급인 연준혁이 있다고 전해. 그럼 알아서 오든지 말든지 하겠지."

"아, 알겠습니다."

"저기 널브러져 있는 놈들도 다 데려가고."

"알겠습니다."

"꺼져."

"넵!"

후다닥—!

영웅의 말이 끝나기가 무섭게 뒤도 돌아보지 않고 뛰어가는 사스케였다.

"다들 철수한다! 어서!"

"네!"

다른 이들 역시 정신없이 몸을 일으키고 도망가기 시작했다.

그들이 앞다투어 도망가고 있을 때, 연준혁이 들어오며 그것을 보고는 물었다.

"저것들 풀어 주셨습니까?"

"응. 여기는 이제 영웅익스프레스가 접수한다고 전하라고 했어."

"하하하, 잘하셨습니다."

"그리고 영웅익스프레스 뒤에는 네가 있다고도 말했으니 준비해."

"네?"

"아마 독이 바짝 올라서 우르르 몰려올 테니 준비하라고."

"아, 알겠습니다."

"내가 아닌 네가 해결해야 하는 일이다. 확실하게 저들에게 보여 줘. 한국이라는 나라가 어떤 곳인지."

영웅의 말에 당황하던 연준혁의 눈빛이 급격하게 진지해졌다. 이내 그는 고개를 힘차게 끄덕이고는 답했다.

"알겠습니다! 분명하게 보여 주겠습니다. 한국이라는 나라가 어떤 곳인지."

그런 연준혁의 어깨를 두 번 두드리고는 아더를 바라보며
말했다.

"아더, 나 밖에 좀 나갔다 올 테니까 혹시라도 준혁이에게
위기가 닥치면 도와줘."

"알겠습니다."

"그리고 저기 영웅익스프레스 직원들 잘 챙겨 주고."

영웅의 말에 다들 한곳을 바라보았다.

그곳에는 바닥에 주저앉아 멍하니 이곳을 바라보고 있는
짐꾼들이 보였다.

"많이 놀란 모양입니다."

"그러니까 잘 달래 줘. 나 이만 간다."

"네! 들어가십시오."

영웅은 손을 들어 흔들어 주고는 웜홀 밖으로 향하는 게이
트로 향했다.

영웅이 사라지자 연준혁은 짐꾼들이 있는 곳으로 이동한
뒤 입가에 미소를 지으며 자기소개를 했다.

"반갑습니다. 저는 한국 각성자 협회, 협회장인 연준혁이
라고 합니다."

"혁! 혀, 협회장 여, 연준혁!"

"하, 한국의 레전드 각성자! 연준혁? 마, 맞습니까?"

"그, 그런 분이 어찌 저희 사, 사장님이랑……. 아, 아니
사, 사장님은 저, 정말로 C등급이 맞으십니까?"

"하하. 지금부터 자세히 이야기해 드리죠."

자기소개를 한 연준혁은 놀란 짐꾼들과 많은 대화를 하기 시작했다.

밤이 되면 찾아오는 친구, 달.

언제나 보는 존재였기에 사람들은 달에 대해 특별하게 신경 쓰지 않았다.

우주선을 쏘아 달에 착륙도 했고 뛰어난 성능의 망원경으로 달의 모습도 생생하게 볼 수 있었다.

사람들에게 달은 더는 신비한 행성이 아니었고 언제나 지구의 곁에 맴도는 친근한 풍경 같은 존재였다.

하지만 달에는 비밀이 있었으니, 달 내부에 거대한 기지가 존재하고 있다는 것이다.

마치 SF 영화에서나 볼 법한 장비들이 사방에 깔려 있었고 로봇들이 경계를 펼치는 기지.

그곳의 더 깊숙한 곳에 인간의 형태를 했지만, 지구의 인간들보다 머리가 더 거대하고 손가락은 가느다랬다.

하체가 짧고 굵은 형태의 인간 같은 생명체들이 자신들의 앞에 있는 홀로그램을 연신 터치하고 있었다.

중앙부에는 거대한 지구가 홀로그램으로 펼쳐져 있었고,

특이하게 생긴 그 인간들이 각기 지역을 맡아서 관리하고 있었다.

그곳에 있는 인간들은 걸어 다니지 않았다.

둥근 형태의 의자 모습의 기계가 그들을 태우고 이리저리 움직이고 있었다.

가장 위에는 이 모든 것을 지켜볼 수 있게 통제실 같은 것이 있었고, 유리를 통해 그곳의 인간들과 다른 복장을 한 이가 그것을 지켜보고 있었다.

지이잉-!

아래를 가만히 내려다보고 있을 때 자동문이 열리며 누군가가 보고를 하기 위해 들어왔다.

"카추 님!"

"무슨 일인가."

"천부인 중 하나인 천뢰신검이 나타났습니다!"

수하의 보고에 카추라 불리던 자의 동공이 확장되었다.

그와 동시에 그가 타고 있는 원형의 기계가 그의 몸을 수하가 있는 방향으로 돌려 주었다.

"그, 그게 정말이야?"

"그, 그렇습니다!"

"어디서?"

"지구입니다!"

"뭐? 지구에서? 아니, 지구에서 그게 왜 나와?"

"그, 그건 저희도 잘⋯⋯."

"하긴⋯⋯. 워낙에 신비한 물건이니⋯⋯. 우리가 상상할 수 있는 범위 밖이겠지. 그래, 그건 어디에 있느냐?"

"어느 한 인간이 소지하고 있는 것을 확인했습니다."

"뭐야?"

수하의 보고에 카추라 불리는 이가 자신도 모르게 벌떡 일어났다가 하마터면 기계에서 떨어질 뻔했다.

하지만 그는 아랑곳하지 않고 믿기지 않는 표정으로 수하를 바라보며 되물었다.

"그, 그게 정말인가? 저, 정말로⋯⋯ 이, 인간이 소지하고 있다고?"

"그, 그렇습니다만⋯⋯. 왜, 왜 그러시는지?"

"이럴 수가⋯⋯. 그, 그는 각성자더냐?"

"그렇습니다. 조사한 바로는 얼마 전에 C등급을 받은 각성자입니다."

"C등급? 겨우? 아니지⋯⋯. 그라면⋯⋯. 그런 게 의미가 없지."

"무슨 말씀이신지."

수하의 물음에도 카추는 심각한 표정으로 연신 무언가를 생각했다.

그러다가 주변을 둘러보고는 수하에게 조심스럽게 말했다.

"아직 그에 대한 정보가 다른 곳에 새어 나간 것은 아니겠지?"

"그렇습니다. 특급으로 보고하라 하셔서 발견한 즉시 달려온 것입니다."

"잘했다. 잘 들어라. 이번 일은 우리 종족의 미래가 달린 일이다."

카추의 말에 수하가 침을 꿀꺽 삼키고는 집중해서 듣기 시작했다.

"우리 종족이 해방될 수 있는 유일한 방법……. 그게 지금 세상에 모습을 드러냈다. 저, 정말로 그가 천뢰신검을 사용하는 이라면……. 홍익인간들이 말하던 전설의 그가 세상에 나타난 것이다."

"서, 설마? 그들이 말하던 바로……."

"그래. 이제부터 그는 특별 관리 대상으로 전환하고 그에 대한 모든 정보는 철저하게 은폐하라. 절대로……. 무라트족 놈들의 귀에 들어가선 안 된다. 그들에게서 우리가 해방될 수 있는 유일한 방법이니, 절대로 무조건 그에 대한 정보를 감춰라. 저들에게 들키지 않도록."

"알겠습니다!"

"가 봐. 그에 대한 보고는 상세하게 추려서 나에게만 조용히 보고하도록."

"알겠습니다."

수하가 나가자 카츠는 이마의 땀을 닦으며 다시 창이 있는 곳으로 가 아래를 내려다보며 중얼거렸다.

"드디어……. 우리에게도 기회가 왔다……. 제발 그가 맞기를……."

간절한 눈빛으로 중얼거리다가 이내 눈을 감는 카츠였다.

⸻

오사카 인근, 거대한 빌딩이 자리하고 있는 이곳은 바로 인벤 길드의 본부였다.

빌딩 가장 꼭대기 층은 전체가 길드장이 사용하는 사무실이었다.

와장창-!

길드장 사무실 안에서는 물건들이 깨지는 소리와 함께 길드장 아카시의 분노에 찬 목소리가 흘러나왔다.

"그게 무슨 소리야! 그곳이 어떤 곳인데 그곳을 털려! 그것도 조센징 놈들에게 털렸단 말이야?"

길드장 아카시는 분노에 찬 목소리로 자신에게 보고한 남자에게 발길질하고 있었다.

퍼억-!

"커헉!"

쿠당탕- 탕-!

"지금 그딴 것을 소식이라고 듣고 와 놓고 멀쩡히 걸어서 왔단 말이냐! 죽어! 죽어!"

퍽퍽퍽-!

길드장 아카시에게 정신없이 얻어맞고 있는 자는 마사오 였다.

그 모습을 가만히 지켜보던 사스케가 조용히 나서서 아카 시를 말렸다.

"아, 아카시, 그, 그만해. 그 정도면 됐어."

"닥쳐! 너도 잘한 거 없어!"

"우, 우리 힘으로 어찌할 수 있는 상대가 아니었다니까? 상대는 이번에 한국에서 나왔다는 레전드 등급의 각성자였 어. 정말이야!"

멈칫-!

"레전드 등급이라고? 혹시 연준혁?"

아카시의 입에서 나온 이름에 사스케가 고개를 끄덕였다.

"그놈이 왜?"

"네가 손봐 주라고 한 영웅익스프레스 뒤에 그가 있었다."

"영웅익스프레스? 아아……. 그 빌어먹을 조센징 놈들이 들어간 짐꾼 회사 말이지? 하하, 그래. 어쩐지 세게 나오더 라니, 믿는 구석이 있었다는 거군."

"어찌 되었든 우리 힘으로는 그자를 상대하긴 무리야. 소 문이 사실인 것 같……."

퍼억-!

사스케의 말이 끝나기도 전에 아카시의 발 차기가 그의 복부에 꽂혔고 사스케는 그 충격에 뒤로 밀려 나며 고통스러워했다.

"크윽!"

"소문? 무슨 소문? 조센징 놈들이 사기를 쳐서 레전드 등급이라고 우긴다는 그 소문? 지금 그 소문이 사실이라고 말하는 거야?"

"그래! 그것은 소문이 아니라 사실이었어! 일본 각성자 협회가 우리를 철저하게 속인 거라고!"

"뭐? 각성자 협회장이 우리 형이라는 사실을 알고도 그딴 소리를 하는 거냐?"

"그, 그건……."

터턱-!

아카시는 사스케에게 다가가 그의 목을 잡고 허공으로 들어 올리고는 살기 어린 눈으로 노려보며 말했다.

"적당히 해라. 어릴 적 친우라고 봐주는 것도 한계가 있는 거다."

"끄윽……. 아, 알았어."

"내가 직접 형에게 확인하고 오겠어. 만약 거짓이면 가만두지 않을 거다. 알겠냐?"

"끄으윽! 아, 알겠어!"

사스케의 대답을 들은 아카시는 여전히 살기 어린 눈으로 입술을 핥으며 수하들에게 명했다.

"애들 전부 집합시켜. 아무래도 나는 조센징 놈들과 같은 하늘 아래에서 살 수 없는 운명인가 보다. 모조리 찢어발겨 주지."

"하잇!"

그리 명하고는 자신의 손에 잡혀 버둥거리는 사스케를 구석으로 던져 버리며 다시 한번 경고를 했다.

쿠당탕탕-!

"마지막이야, 친구. 이번에는 나를 실망시키지 않았으면 좋겠어."

"쿨럭! 쿨럭! 아, 알겠어."

"나는 형에게 다녀올 테니 애들 준비 철저히 시켜 놓고."

"아, 알겠다."

그런 사스케를 차가운 눈으로 바라보며 사무실 밖으로 걸어 나가는 아카시였다.

사스케는 자신을 이리 대하는 아카시를 증오 가득한 눈으로 바라보며 속으로 생각했다.

'으드득! 나를 이따위로 대접해? 네놈의 그 기고만장한 표정이 언제까지 가나 두고 보겠다. 그분 앞에서 개처럼 비는 네 모습을 반드시 보고 말 테니.'

사스케는 이를 갈며 생각했다.

자기도 모르게 영웅을 그분이라 부르는 것을 깨닫지 못한 채 말이다.

도쿄 중심부엔 일본에서 가장 높은 건물이 자리 잡고 있었다.

그 건물이 바로 일본의 진정한 힘, 일본 각성자 협회의 건물이었다.

각성자 협회 빌딩 앞에 고급스러운 자동차 한 대가 멈추었고, 그 안에서 아카시가 선글라스를 낀 채 내렸다.

내리고서는 빌딩 꼭대기까지 한 번 쳐다보고는 다시 고개를 돌려 빌딩 안으로 들어갔다.

아카시는 이곳에서도 유명 인사였기에 안내원들은 군말 없이 그를 들여보내 주었고 곧바로 협회장에게 그가 왔음을 전달했다.

최상층에 도착하니 일본 각성자 협회 협회장 사사키가 그를 반겨 주며 나왔다.

"허허, 이 녀석. 여긴 어쩐 일이냐?"

"큰형! 부탁이 있어서 왔지."

"부탁? 무슨 부탁?"

"그건 천천히 이야기하고, 요시키 형은 어디에 있어?"

"인석아, 요시키를 왜 여기서 찾아."

"항상 여기에서 죽치고 있으니까 그러지."

"뭐, 틀린 말은 아니다만 지금은 자리에 없다. 이 녀석이, 내가 목적이 아니라 요시키가 목적이었냐?"

"아니야. 형의 도움도 필요해."

"일단 안으로 들어가자. 여기 차 두 잔 내와."

사사키가 비서들에게 차를 주문하고 아카시를 데리고 자신의 사무실 안으로 들어갔다.

요시키뿐 아니라 사사키 역시 아카시의 형제였다.

"그래. 이 형의 도움이 필요하다고? 말해 봐."

사사키의 말에 아카시가 잠시 고민을 하더니 심각한 표정으로 물었다.

"형. 사실대로 말해 줘야 해. 조센징 놈들 나라에 레전드 등급이 나타난 것이 사실이야? 형은 알고 있지?"

아카시의 말에 사사키가 당황한 표정을 짓자 아카시는 사실임을 직감하고 고개를 숙였다.

"하아, 형의 반응을 보니 사실이구나. 형은 협회장이나 되는 사람이 그렇게 표정을 못 숨겨서 어쩌냐?"

"험, 험. 그, 그게 아니고. 이 녀석아, 그렇게 대놓고 갑자기 물어보니 당황해서 그러지."

"암튼 사실인 거지?"

"하아, 그래. 사실이다. 그런데 그건 왜 묻는 거냐?"

"우리 길드가 그놈에게 당했거든. 연준혁이랬나? 맞지?"

"맞다, 연준혁. 근데 방금 뭐라고? 당했다고?"

사사키의 물음에 아카시가 고개를 끄덕였다.

"그게 무슨 말이야. 자세히 말 좀 해 봐."

사사키의 질문에 아카시는 자신이 들은 내용을 그대로 전해 주었다.

"음, 내가 아는 연준혁은 그런 성격이 아닌데……. 레전드 등급이 되니 세상 무서운 것이 없어진 건가?"

"형, 레전드 등급을 잡으려면 그것밖에 없어. 협회에 있지?"

"너…… 설마?"

"이번 일이 잘되면 형과 일본에도 이득이 되는 일이잖아."

"그래도 그 아이템은 각성자들 세계에선 사용이 중지된 아이템이다. 함부로 사용했다가는 오히려 역풍이 불어 우리가 위험하다. 너도 알지 않느냐. 국제 각성자 협회에서 지정한 사용 금지 아이템이라는 것을 말이야."

"걱정하지 마, 인적이 드문 곳으로 유인해서 잡으면 돼! 그리고 철저하게 증거를 인멸하면 되지. 형! 이대로 저 조센징 놈들에게 밀릴 거야? 뭐라도 해 봐야지!"

"음……."

사사키는 턱을 괴고 고민을 했다.

그때 문이 열리며 요시키가 들어왔다.

"뭐야? 나 빼고 둘이 뭔 작당 논의를 하고 있지? 섭섭하게?"

"요시키 형!"

"하하! 우리 막내! 여긴 어쩐 일이냐?"

"형들의 도움이 필요해서……."

아카시는 요시키에게 사사키와 했던 대화를 그대로 이야기해 주었다.

"크크큭! 그거 재밌겠네. 형! 하자."

"요시키! 이건 재미로 결정할 수 있는 일이 아니다!"

"킥! 괜찮아. 세계 각성자 연합 놈들도 조센징 놈들이 사라지길 은근히 바라고 있을 거야. 그들만 사라지면 과거처럼 다시 한국을 자기들 입맛대로 주무를 수 있거든. 물론, 우리도 마찬가지고."

"그래! 요시키 형 말이 맞아! 사사키 형! 하자!"

둘의 설득에 결국 사사키가 두 손을 들고 말했다.

"알았다. 단! 철저하게 비밀로 이 일을 진행해야 한다, 알았지?"

"응! 걱정하지 마."

"하하, 형도 참. 내가 막내를 도울 테니 걱정하지 마. 정 걱정되면 형도 따라오든가."

둘의 해맑은 표정을 지켜보던 사사키는 이내 고개를 저으며 말했다.

"하아, 아니다. 너희끼리 다녀와라. 나는 이곳에서 만약에 있을 사태를 대비하고 있을 테니. 일단 그 물건은 협회 지하 깊숙한 곳에 보관하고 있으니 내가 가져오마. 기다리고 있어라."

그리 말하고 밖으로 나가는 사사키였다.

요시키와 아카시는 의자에 앉아 앞으로의 일들을 이야기하며 사사키를 기다렸다.

대략 30분 정도가 지났을까?

사사키가 굳은 표정으로 상자 하나를 들고 들어왔다.

"그거야?"

요시키의 질문에 사사키가 고개를 끄덕이고는 상자의 뚜껑을 열었다.

그 안에는 검은 모양의 원반처럼 생긴 물건이 들어 있었는데, 크기가 손바닥보다 컸다.

"비슈누의 원반. 이것을 설치하고 그들을 유인한 뒤 터트리기 전에 자리를 피해야 한다. 알겠지? 절대로 그 근처에 있으면 안 된다."

"알지, 아주 잘 알지. 근처에 있다가 우리까지 각성자 능력을 잃으면 큰일이니까."

비슈누의 원반.

각성자 세계에서는 절대로 사용해서는 안 될 금기 아이템으로, 이것을 사용하다가 적발되면 그 길드나 국가는 전 세계 모든 각성자에게 집중 공격을 받게 된다.

이유는 이 아이템의 위험성에 있었다.

일반인들에게는 전혀 해를 끼치지 않는 아이템이지만, 각성자에게는 달랐다.

이게 왜 위험한 물건이냐면, 터졌을 때 그 반경 안에 각성자가 있다면 그들이 지닌 능력을 모조리 사라지게 만들어 각성자를 일반인으로 만드는 효과를 내기 때문이었다.

더욱이 이 아이템은 폭발 범위 내에만 있다면 모든 각성자를 등급에 상관없이 일반인으로 만들기에 더욱더 위험했다.

그래서 세계 각성자 연합은 이 아이템의 사용을 금지했고 이 아이템을 발견하는 즉시 세계 각성자 협회에 신고하게 되어 있었다.

일본 각성자 협회는 비슈누의 원반을 발견했지만, 혹시 몰라서 신고하지 않고 따로 보관하고 있었다.

사사키는 연신 요시키와 아카시에게 주의를 하고 또 하며 신신당부를 했다.

"알았다고! 형은 우리만 믿어!"

걱정하지 말라며 자신의 어깨를 두드리는 둘을 보며, 사사키는 자신이 괜한 짓을 한 것이 아닌가 싶은 마음이 들기 시작했다.

하지만, 자신이 생각해도 이 기회에 한국을 확실하게 잡아야 한다는 것에 동감하기에 이내 마음을 다잡고 고개를 끄덕이며 두 동생과 눈빛을 교환했다.

한편, 이것을 모두 듣고 있는 이가 있으니…… 바로 영웅이었다.

영웅이 사스케와 마사오를 돌려보낸 것은 전부 계획된 행동이었다.

그들의 뒤를 밟았고 이렇게 건물 옥상에 누워 이들이 하는 이야기를 듣고 있었다.

'비슈누의 원반? 그게 뭐지? 들어 보니 각성자에게 안 좋은 물건인 듯한데……. 어찌 생긴 거지?'

영웅은 고개를 돌려 건물을 투시해, 그들이 들고 있는 비슈누의 원반이 어찌 생겼는지 확실하게 보았다.

'평범하게 생겼는데? 각성자 능력을 없애는 물건이라……. 연준혁을 보내려 했는데 안 되겠군. 하마터면 큰일 날 뻔했어. 아더를 데리고 내가 나서야겠군.'

영웅은 일단 연준혁에게 가 저것에 대해 자세히 듣기로 하고 순간 이동으로 한국 각성자 협회로 이동했다.

자신들이 하는 모든 이야기를 누군가가 전부 듣고 간 것도 모른 채 연신 즐겁게 웃는 세 형제였다.

———————

"비, 비슈누의 원반이라고요? 그, 그것이 정말입니까? 그들이 정말로 그것을 가지고 있었습니까?"

"응, 그게 정확히 뭔데?"

"하아, 각성자들을 잡는 흉악한 아이템입니다. 아니 정확하게 말하면 각성자들을 평범한 인간으로 만드는 아이템이지요. 일반인들에게는 전혀 효과가 없습니다. 오로지 각성자들을 잡기 위해 존재하는 아이템입니다. 심지어 등급이 높아도 소용이 없습니다. 등급과 상관없이 적용되니까요. 비슈누의 원반이라 불리는 이유는 처음 발견된 장소가 붉은색 웜홀에 있는 비슈누의 사원이어서 그렇게 불리는 것입니다."

'등급에 상관없이 일반인으로 만든다라……. 각성자들 몸에 있는 저 나노 머신들을 무력화시키는 전파 같은 걸 발산하는 모양이군.'

영웅은 고개를 끄덕였다.

정말로 누군가가 각성자들을 만들고 이 세상을 만들었다면 무언가 안전장치를 해 두었을 것이다.

그것이 저 비슈누의 원반이라고 생각하는 영웅이었다.

'아니지, 이런 세상을 만든 놈들이라면……. 저것보다 훨씬 강한 무기들을 지니고 있겠지. 저것은 단지…… 재미를 위해 이곳에 던져 둔 것 같군.'

영웅은 연준혁의 이야기를 들으며 자신의 생각을 정리했다.

그런 줄도 모르고 연준혁은 비슈누의 원반에 대해 끊임없이 설명하고 있었다.

연준혁의 설명을 다 들은 영웅이 팔짱을 끼며 말했다.

"흠, 그럼 네가 가면 안 되겠네. 나랑 아더가 다녀올 테니 너는 오지 마라."

"네? 하, 하지만……. 주군도 각성자가 되셨잖습니까. 주군에게도 해가 올 수 있습니다."

"응? 아, 그거. 걱정하지 마. 나는 일반인일 때가 더 강하잖아? 너도 알지?"

영웅이 하얀 이를 드러내며 환하게 웃으며 말하자 연준혁은 그 미소를 멍하니 바라보다가 이내 피식 웃고는 고개를 끄덕였다.

"제가 잠시 잊고 있었습니다. 주군께서 어떤 존재인지를 말입니다."

"알면 됐다. 정작 걱정해야 할 건 내가 아니라 나를 상대해야 하는 그놈들이지."

영웅의 말에 옆에 있던 아더가 앞으로 나서더니 콧김을 내뿜으며 말했다.

"쿵! 주인! 저에게 맡겨 주십시오! 언제까지 주인이 이런 자질구레한 일에 나서실 것입니까! 제가 아주 제대로 버릇을 고쳐 놓겠습니다!"

아더의 말에 연준혁도 동의한다는 표정으로 말했다.

"아더 님 말씀도 맞습니다. 주군께서 직접 나서실 일은 아

니라고 생각됩니다. 이번은 그냥 아더 님에게 맡기시고 옆에
서 지켜보심이…….

연준혁과 아더의 말에 영웅이 잠시 생각하다가 이내 고개
를 끄덕이고는 말했다.

"그래, 너희가 그걸 원한다면야…….."

"감사합니다."

"감사합니다! 주인!"

연준혁은 입가에 미소를 지으며 생각했다.

'나와 천지회주님이 동시에 덤벼도 어쩌지 못하는 괴물이
바로 아더 님이시다. 크크, 이놈들 어디 한번 혼 좀 나 봐라.'

아더는 각성자가 아니기에 비슈누의 원반이 효과가 없을
테고, 영웅이 아닌 아더가 나서니 영웅의 각성자 등급도 유
지될 것이다.

거기에 아더를 잡으려면 모르긴 몰라도 일본 전체 전력을
끌어와야 어느 정도 가능성이 있을 것이다.

더군다나 아더는 최근에 영웅과의 훈련으로 인해 과거보
다 더더욱 강해진 상태이니, 일본의 전력을 끌어온다 해도
승산을 장담할 수 없을 것이다.

'세상에 이렇게 속이 뻥 뚫리는 날이 오는구나, 하하하하!'

연준혁은 신이 났다.

그동안 일본에 얼마나 수모를 당했던가.

이제 그것을 갚아 줄 시간이 왔으니 어찌 기쁘지 않을까.

영웅은 연준혁이 왜 저리 실실거리는지 대충 알기에 그냥 웃어넘겼다.

"자, 그만 실실거리고 손님맞이 준비하자."

"네!"

‹⊶⊷›

얼마 뒤에 예상대로 일본에서 정식 항의 서한이 한국 각성자 협회로 날아왔다.

내용은 당장 불법 점령한 구역에서 나가고 인벤 길드가 입은 피해에 대한 손해배상을 하라는 것이었다.

당연히 연준혁은 약육강식의 세상인 웜홀 속에서 당당하게 이겨서 차지한 것이니 그것은 들어줄 수 없다고 못을 박았다.

일본의 말도 안 되는 억지가 계속 이어졌지만, 한국은 당연히 그 억지를 받아 줄 생각이 조금도 없었다.

일본 각성자 협회에서는 더 이상 한국을 함부로 대할 수 없었다.

국민들과 소속된 각성자들은 속였지만, 협회 내에 있는 자들은 모두 알고 있었다.

이제 더는 한국을 이길 수 없다고.

며칠 뒤 일본 각성자 협회는 최후의 제안을 해 왔다.

한국 최강자 둘과 일본 최강자 둘이 대결을 해서 이기는 자의 말을 따르기로 하자고.

당연히 한국에서는 레전드 등급 두 명이 나와도 된다는 서신이었다.

일본은 레전드 등급의 각성자가 없으니 이 대결은 안 봐도 결과가 뻔한 것이었다.

바로 이것이 함정이었다.

연준혁은 이 서신을 보고 소름이 돋는 것을 느꼈다.

"나 참나. 주군이 아니었다면 꼼짝없이 여기에 넘어갈 뻔했군."

레전드 등급이 된 연준혁과 독고영재의 자신감은 하늘을 찌르는 상태였으니 이 제안을 아무런 고민도 없이 받아들였을 것이다.

그리고 저들이 쳐 놓은 덫에 걸려서 모든 힘을 잃어버렸을 것이다.

금지된 아이템을 대결에 이용할 것이라고는 상상도 하지 않았을 테니까.

연준혁이 몸을 부르르 떨었다.

"어휴, 생각만 해도 끔찍하군."

레전드 등급이 되기까지 얼마나 피나는 노력을 하고 또 했던가. 만약, 자신이 이 힘을 잃는다면 상실감에 그 자리에서 자결했을지도 모른다.

자신의 목숨과 같은 것이었으니까.

자결하지 않아도 일본 놈들은 자신들이 금지된 아이템을 사용했다는 사실을 감추기 위해서라도 연준혁과 독고영재를 어떻게든 죽였을 것이다.

연준혁은 잠시 고민을 하다가 전화기를 들었다.

잠깐 신호가 가더니 누군가가 받았다.

ー모시모시?

"나 한국 각성자 협회 협회장 연준혁이오."

ー아, 연 상. 연락 기다리고 있었습니다. 그래, 생각해 보셨소?

"그럽시다. 날짜와 장소를 정하시오. 그대들이 원하는 장소로 우리가 가지요."

ー하하하하! 자신감이 너무 넘치시는군요.

"그럴 만하니까."

ー……그 자신감이 얼마나 가는지 두고 봅시다. 자신감이 넘치시니 장소를 일본으로 정해도 되겠소?

"마음대로 하시오."

ー정말로 자신감이 하늘을 찌르시는군요. 좋습니다. 그럼 위치와 시간을 정해 드릴 테니 그곳에서 만납시다. 정당한 대결을 위해 최소한의 인원만 가는 것으로 하지요.

"그럽시다. 장소를 정하고 연락해 주시오."

ー알겠소. 그럼 이만……

뚜우- 뚜우-!

연준혁의 자신감 넘치는 말투가 마음에 들지 않았는지 이야기가 끝나자마자 곧바로 전화가 끊겼다.

저들이 부들부들 떨고 있을 것을 생각하니 속이 다 시원한 연준혁이었다.

"말투에 가시가 잔뜩 올라 있군. 자존심이 상하겠지."

연준혁은 즐거운 마음으로 저들의 연락을 기다렸다.

다음 날, 연락이 왔고 장소와 시간이 정해졌다.

"흠, 이오지마라……. 하긴 사람이 살지 않는 무인도니……. 가장 적당한 장소겠군."

⚜

시간은 흘러 어느덧 약속한 날이 돌아왔다.

아더는 영웅에게 칼빈 제국에 있는 레드 드래곤인 킬라쉬를 데려와 달라고 부탁을 했다.

영웅은 자신이 나서면 되는데 왜 그러냐고 물었고 아더는 주군의 각성자 등급을 지키기 위함이라고 나섰다.

각성자 등급이 어떤 원리로 나오는지 알고 있는 영웅은 마음만 먹으면 언제든지 등급을 다시 생성할 수 있었다.

하지만 아더가 왜 저리 나오는지 잘 알고 있기에 일단 그가 하자는 대로 따르기로 했다.

'날 위해 저리 하는 것인데. 거부하기도 뭐하지.'

영웅은 곧바로 화이트 웜홀로 들어가 레드 드래곤 킬라쉬를 데려왔다.

킬라쉬는 어리둥절한 표정으로 연신 주변을 살폈다.

"이, 이곳이 주군이 기거하고 계시는 시, 신계입니까?"

"아니, 다른 차원? 다른 세상? 뭐 암튼, 설명하자면 복잡해."

"아, 알겠습니다. 주군께서 관리하는 다른 세상으로 알아듣겠습니다. 그런데, 저는 무슨 일로?"

킬라쉬가 고개를 갸웃거리며 묻자 아더가 설명을 했다.

"네가 해 줄 일이 있다. 건방진 놈들이 좀 있는데 손봐 줘야 해서 말이지. 그런 자잘한 일에 주인이 나서게 할 수 없어서 너를 불렀다."

"아하! 그런 일이라면 언제든지 환영입니다! 하하하, 맡겨만 주십시오!"

킬라쉬는 의욕이 넘치는 눈으로 영웅을 바라보며 대답했다.

그 모습에 영웅이 피식 웃고는 말했다.

"이번 일을 잘하면 갈 때 네가 좋아하는 라면을 왕창 싸줄 테니까 잘해 봐."

"라, 라면! 저, 정말입니까?"

라면이라는 말에 두 눈이 왕방울만 하게 커지고 입가에 침이 고였는지 연신 침을 삼키는 킬라쉬였다.

킬라쉬는 영웅이 끓여 줬던 라면의 맛을 잊지 못했다.

그 맛이 자꾸 떠올라 괴로움에 몸부림을 치던 나날들이 주마등처럼 스쳐 지나갔다.

킬라쉬가 주먹을 불끈 쥐고 아까보다 더욱더 활활 타오르는 눈빛으로 의지를 다졌다.

"맡겨만 주십시오! 주군을 건드리는 놈들은 아주 뼈까지 씹어 먹겠습니다!"

"아니, 뼈까지 씹을 필요는 없고 그냥 적당히 다시는 기어오르지 못하게 잘 달래 줘."

"알겠습니다! 아더 님께 배운 기술이 있으니 그것으로 적당히 잘 달래겠습니다!"

영웅은 살짝 불안했지만 뭐 죽지만 않으면 자신이 되살릴 수 있으니 그냥 맡기기로 했다.

"그래, 그럼 부탁하지. 나는 멀리서 지켜보고 있을 테니."

"네! 맡겨만 주십시오!"

영웅의 말에 기합이 잔뜩 들어간 킬라쉬는 잠시 후, 독고 영재의 모습으로 변했다.

아더는 연준혁으로 변했고 일본에서 전달해 준 좌표로 텔레포트를 했다.

슈팟-!

순식간에 사라진 두 드래곤이 있던 곳을 잠시 바라보던 영웅은 곧바로 자신도 이오지마가 있는 상공으로 이동했다.

하늘 높은 곳에서 바라보니 중심에 있는 비행장에 사람들이 모여 있는 것이 보였다.

영웅은 대결을 준비하는 두 사람을 유심히 바라보았다.

그런데 자신이 알고 있던 인물들이 아니었다.

'흠, 저들이 그놈들을 대신해서 나온 미끼들인가 보군. 변장을 아주 잘했는걸? 신안으로 보지 않았다면 나도 속겠어.'

자신이 일본 각성자 협회에서 보았던 두 사람의 모습과 똑같은 모습의 남자 둘이 비행장에 서 있었다.

'저기도 연기자들을 배치했군. 하긴, 그 비슈누의 원반이라는 것이 각성자의 능력을 앗아 간다는데 자신들이 직접 나설 일은 없겠지.'

대충 상황 파악이 끝난 영웅은 씨익 웃으며 재미난 연극을 보는 표정으로 그것을 지켜보았다.

그리고 청력을 집중시켜 아래에서 저들이 하는 대화에 집중했다.

"먼 길 오느라 고생하셨군요."

"우리가 대화하려고 만난 것은 아니지 않나?"

"소문하고 달리 말이 거치시군요?"

"소문?"

"누구에게나 신사적이다더니 역시 소문은 믿을 것이 못 되는군요."

"염병하네. 싸움에 젠틀이 어딨어? 진짜 안 싸울 거야?"

"크크크큭! 싸우다니요? 그런 야만적인 행동은 넣어 두시지요."

"뭔 개소리야? 싸우러 온 거 아냐?"

"아니요. 싸움이 아니라 당신들을 처벌하기 위해 온 것이지요."

"처벌? 하하하! 네놈들이? 나를?"

아더는 연기를 해야 하는데 자신도 모르게 본심을 드러내고 있었다.

인간 따위가 자신을 처벌한다고 하니 순간적으로 울컥한 것이다.

그 모습에 영웅이 이마를 감싸며 중얼거렸다.

"그럼 그렇지. 저놈이 연기를 제대로 할 리가 없지."

하지만 다행스럽게 상대방도 연기자들이라 눈치를 못 챈 것 같았다.

그때 일본 측에서 무언가를 주섬주섬 꺼내더니 손 위에 올려놓았다.

그리고 비릿한 웃음을 지으며 말했다.

"크크크, 조센징 여러분, 제 손을 봐 주시겠습니까?"

조센징이라는 말의 의미를 잘 모르는 아더와 킬라쉬가 고개를 갸우뚱거리며 남자의 손을 바라보았다.

손에는 손바닥보다 조금 큰 크기의 검은 원반이 들려 있었다.

"크크크, 이것이 바로 비슈누의 원반이라는 것입니다. 이
제 아시겠습니까? 지금 당신들이 처한 상황을?"

당당한 표정으로 바라보는 일본 측 각성자의 모습에 아더
와 킬라쉬가 어이가 없는 표정으로 헛웃음을 뱉었다.

"허⋯⋯. 비슈누의 원반? 각성자의 힘을 없앤다는 아이템
말이지?"

연준혁이 영웅에게 원반에 대해 설명할 때 옆에 있었기에
정확하게 알고 있었다.

"크큭, 잘 알고 계시는군요."

"그게 뭐? 그런 거로 우릴 이길 수 있을 것 같다고 생각하
냐?"

"하하하! 이게 뭔지 알면서도 그런 허세를 부리다니⋯⋯.
능력을 잃을 생각에 미치셨나 보군요. 하지만, 늦었습니다."

꾸욱─!

남자는 조금의 머뭇거림도 없이 자신의 손에 들려 있던 원
반의 중심에 있는 버튼을 눌렀다.

파앙─!

버튼을 누르자마자 원반에서 투명한 파동이 흘러나왔고
비행장 전체로 퍼져 나갔다.

파동이 지나간 공간은 마치 물속에 있는 것처럼 일렁거리
더니 조금씩 원래대로 돌아오기 시작했다.

처음 보는 현상에 아더는 순간 놀랐지만 아무런 일도 일어나지 않자 고개를 갸우뚱거리며 물었다.

"뭐냐? 거창한 것이 나올 것처럼 하더니? 아무런 일도 없는데?"

"크크큭, 당연하지요. 이건 단지 각성자들의 능력을 없애는 역할을 할 뿐인데요. 한국을 대표하는 협회장님께서 이런 것도 모르고 계셨습니까? 역시, 한국은 멍청이들이 모인 나라가 맞군요."

한국인들을 싸잡아 모욕하는 발언을 하자 아더의 이마에 힘줄이 솟아올랐다.

영웅과 함께 한국에서 생활하면서 한국인이 다 된 아더였기에 이렇게 분노할 수밖에 없었다.

무엇보다 자신이 모시는 주군인 영웅이 한국인이었다.

한국인을 모욕하는 것은 곧 주군인 영웅을 모욕하는 것과 마찬가지. 아더의 얼굴이 무시무시한 모습으로 변해 갔다.

"너 지금 큰 말실수를 했어. 지금이라도 엎드려 대가리 박고 죽을죄를 지었다고 복창하면서 사과해라."

"하하하하! 재밌는 분들이시군요. 지금 자신들이 처한 상황을 잘 모르시는 모양입니다. 아니면 현실도피 뭐 이런 건가요?"

"몰라! 이 새끼야! 너는 내가 제발 죽여 달라고 애원하게 해 준다. 이리 안 와?"

아더가 분노한 모습으로 눈앞에 있는 일본인을 향해 몸을 날리려는 그 순간, 하늘에서 누군가의 목소리가 들려왔다.

"크크큭! 연준혁, 한국의 레전드 등급이 이렇게 멍청한 놈인지 몰랐군."

아더는 목소리가 들려오는 방향으로 고개를 돌렸다.

요시키가 뒷짐을 진 채로 천천히 하강하고 있었다.

"플라잉 마법인가?"

"크큭, 아주 멍청이는 아니군. 나를 잊었는가?"

요시키의 말에 아더가 고개를 갸웃거렸다.

"모르겠는데? 네가 누군데?"

"예나 지금이나 건방진 것은 똑같군. 그때 나에게 했던 말을 그대로 또 하다니. 그때처럼 다시 버릇을 고쳐 놔야겠어."

요시키가 진한 미소를 지으며 손에 화염을 일으켰다.

"파이어 볼. 아주 간단한 마법이지만 능력을 잃은 너를 혼내기엔 이 정도면 충분할 것 같구나. 네놈 살가죽이 고통 속에서 천천히 익어 가는 모습을 아주 즐겁게 감상해 주지."

요시키가 즐거워 미치겠다는 표정을 지으며 파이어 볼을 아더에게 날렸다. 그러나.

화르륵-!

파앙-!

아더에게 날린 파이어 볼이 그의 손짓 한 번에 허무하게 자취를 감추자 요시키가 당황한 표정으로 그것을 바라보았다.

"헉! 뭐, 뭐야? 어찌? 느, 능력을 모두 잃었을 텐데?"

요시키는 당황스러운 눈으로 아더를 바라보았다.

분명히 저자의 앞에서 비슈누의 원반이 터졌다는 보고를 받았다.

그 파동이 그의 몸을 정확하게 통과하는 것도 확실하다고 했다.

"뭐라는 거야? 파이어 볼이 이 정도는 돼야 파이어 볼이라고 할 수 있지."

쿠오오오오-!

아더의 손에 마치 태양같이 이글거리는 거대한 화염구가 생성되었다.

거기서 나오는 열기만으로도 이곳에 있는 사람들을 모조리 태워 죽일 것 같았다.

아니나 다를까 미끼로 나와 능력을 잃은 사람들은 그 뜨거움에 혼비백산하며 뒤도 안 돌아보고 도망가고 있었다.

아더는 그 도망가는 놈들에게 나직하게 말했다.

"너희는 내가 분명히 죽여 달라고 빌게 해 준다고 했을 텐데? 가긴 어디를 가! 홀드!"

무시무시한 열기를 피해 도망을 치던 일본인들은 석상이 된 것처럼 그 자리에서 굳어 버렸다.

그 모습에 만족한 아더가 다시 요시키를 바라보았다.

지글- 지글- 지글-!

아더의 발아래 비행장 아스팔트가 지글거리는 소리와 함께 흐물거리기 시작했다.

파이어 볼에서 나오는 열기가 얼마나 뜨거운지 보여 주는 장면이었다.

요시키는 아더의 손에 있는 파이어 볼을 보고 경악했다.

"무, 무슨? 너, 너는 무, 무투형이 아니었나? 어, 어찌 마, 마법을? 그, 그것도 그런 엄청난 기운을……."

"크크크, 멍청이는 네놈이구나. 내가 아직도 네놈이 아는 그놈 같더냐?"

아더는 요시키를 맘껏 비웃고는 변형시켰던 자신의 얼굴을 원상태로 돌려 놓았다.

"누, 누구냐!"

"나? 나로 말할 것 같으면 위대하신 드래곤인 아더 님이시다. 크크크."

"드, 드래곤! 마, 말도 안 된다! 드, 드래곤이 어, 어찌 이, 인간세계에?"

"이놈아, 일단 이거나 먹어라!"

후웅—!

아더는 요시키를 향해 손 위에서 맹렬하게 타오르던 파이어 볼을 냅다 던졌다.

2장

자신을 향해 날아오는 파이어 볼을 가장한 거대한 태양 앞에, 요시키는 자신도 모르게 비명을 지르며 정신없이 피하느라 바빴다.

"으아아악!"

다급하게 피했음에도 불구하고 뜨거운 열기에 몸에서 탄내가 날 정도였다.

"헉헉헉!"

살았다는 생각에 거친 숨을 내쉬고 있을 그때, 뒤에서 굉음이 들려왔다.

쿠콰콰콰쾅-!

굉음과 함께 섬 전체가 떨리기 시작했다. 그에 놀란 요시키가 뒤를 돌아보니, 이오지마 섬 끝에 있던 스리바치산이 녹아내려 활활 타오르고 있었다.

태어나서 처음 보는 엄청난 광경에 요시키가 넋을 잃은 채 중얼거렸다.

"미, 미친! 저게 무슨 파이어 볼이야!"

지금까지 살면서 단 한 번도 본 적 없던 충격적인 광경이었다.

저게 파이어 볼이라면 세상은 마법사들이 다스리고 있어야 한다. 마법사들의 가장 기초적인 마법이 바로 파이어 볼이었으니까.

조금이라도 빨리 한국의 각성자들이 괴로워하는 것을 보고 싶어 남들보다 서둘러서 왔는데, 그것이 크나큰 실수였음을 깨달았다.

'젠장! 저 위력을 보니 지, 진짜로 드래곤이다. 비, 빌어먹을, 왜 여기에 드래곤이 있는 거야!'

요시키는 당황한 얼굴로 주변을 두리번거렸다.

어떻게든 이곳을 빠져나가야 한다는 생각만 머리에 가득했다.

머리가 복잡한 가운데 비행장 한 곳에서 환한 빛과 함께 한 무리의 사람이 모습을 드러내고 있는 것이 보였다.

그것을 본 요시키는 그들이 누군지 대번에 직감했고 소리를 질렀다.

"아, 안 돼! 당장 돌아가! 당장!"

하지만 간절한 요시키의 외침은 그들에게 닿지 않았다.

이제 막 텔레포트를 마쳤기에 바깥의 소리가 닿지 않은 것이다.

"뭐야? 분위기가 왜 이래? 저 산은 또 왜 저렇고?"

모습을 드러낸 아카시가 주변을 두리번거리다가, 활화산처럼 터져 나간 스리바치산을 바라보며 멍한 얼굴로 중얼거렸다.

그러다가 텔레포트 현상이 끝나고 그제야 요시키의 외침을 들렸다.

"당장 돌아가! 어서!"

"요시키 형?"

창백한 얼굴의 요시키가 자신을 향해 다급한 목소리로 외치고 있었다.

"다시 돌아가라고! 빨리!"

"형? 무슨 일이야? 왜?"

"닥치고 빨리 돌아가!"

다급하게 외치는 요시키를 보며 이상함에 고개를 갸웃거리다가 고개를 돌렸다.

그곳에는 그사이 다시 연준혁의 얼굴을 한 아더가 한쪽 입꼬리를 올린 채 아카시를 바라보고 있었다.

"뭐야? 더 올 사람이 있었어? 기다려 줄까?"

아더의 말에 아카시는 지금 이 상황이 이해가 되질 않았다. 분명히 성공했다는 말에 달려온 것인데, 분위기는 전혀 아니었다.

"뭐야? 성공한 거 아니었어? 형! 뭐라고 말 좀 해 봐!"

요시키는 아카시가 진실을 알기 전에는 절대로 이곳을 떠나지 않을 것을 느끼고는 아카시 곁으로 날아왔다.

"우리가 당했다. 조센징 비겁한 놈들이 우리를 속였어!"

"그게 무슨 말이야! 속다니? 뭐를? 저기 있는 저자는 내가 사진으로 본 한국의 협회장이 맞는데?"

"아니야! 저자는 드래곤이다."

"어? 그, 그게 무슨 말이야? 알아듣게 말해 줘!"

"젠장! 나도 모른다고! 나도 지금 이게 무슨 상황인지 모르겠단 말이다!"

설명하다가 폭발한 요시키의 모습에 아카시가 입을 다물었다.

평소에 냉철하던 형이 이렇게 흥분하는 것을 보면 지금까지 자신의 형이 한 이야기가 거짓이 아니라는 말이다.

"지, 진짜…… 드래곤? 소환이 아니고 진짜?"

"저기 불타오르는 스리바치산이 보이냐? 방금 저 드래곤이 파이어 볼이라며 던진 것에 맞아서 저렇게 됐다."

"……? 내가 아는 그 파이어 볼? 그걸로 저게 돼?"

"당연히 안 되지! 분명 다른 마법인데 우리에게 강력한 모습을 보이기 위해 거짓말을 한 거겠지."

요시키가 심각한 얼굴로 아카시에게 설명하고 있을 때, 저 멀리서 그것을 듣던 아더가 입가에 미소를 지으며 말했다.

"드래곤은 거짓말을 하지 않아. 나는 정말로 파이어 볼을 사용했다고. 그나저나 형제로 보이는데, 이제 대화는 다 끝났나?"

오싹−!

두 형제는 아더의 말에 고개를 돌렸고 동시에 그와 눈이 마주쳤다.

순간 거대한 포식자의 눈을 본 것 같은 착각과 함께 온몸에 소름이 돋으며 몸이 굳어 버렸다.

"지, 진짜……다."

아카시는 자신도 모르게 중얼거렸다.

형의 말이 사실이었다.

그렇다면 그 옆에 있는 자는 누구인가? 그도 설마 가짜인가?

"아더 님, 아까 파이어 볼은 너무 심했습니다. 저도 그런 건 못 만드는데요."

"그건 네가 약해서 그런 거고."

"에이, 저도 드래곤 일족 중에서 나름 힘 좀 주고 다니는데 저런 무지막지한 기술은 못 쓴다고요. 저게 무슨 파이어 볼입니까? 브레스를 날려도 저렇게는 안 되겠구만."

"지금 대드냐? 끝나고 대면 좀 할래?"

"헙! 아, 아닙니다!"

두 형제는 지금 눈앞에 있는 둘의 대화로 남은 자의 정체를 미루어 짐작할 수 있었다.

'비, 빌어먹을! 저, 저자도 드래곤이었나? 이, 이게 무슨 일이야? 어, 어찌 혀, 현실세상에 드래곤이 존재하지? 이, 이게 어찌 된 일이지?'

요시키는 혼란스러웠다.

어찌 현실세상에 드래곤이 존재한단 말인가.

웜홀 속에 존재하는 드래곤들도 맞서 싸우려면 단단히 준비해야 했다. 팀을 짜서 국가급 전력을 투입해야 겨우 맞상대할 수 있었다.

자신은 딱 한 번 드래곤과 싸워 본 적이 있었기에 눈앞에 있는 드래곤들이 얼마나 강한지 알 수 있었다.

'내가 상대했던 드래곤은……. 저기에 있는 드래곤에 비하면 도마뱀 수준이었군. 그때 국가급 전력을 쏟아붓고도 잡지 못했는데…….'

요시키가 이렇게 식은땀을 흘리며 심각하게 고민하고 있을 때, 아카시는 정신이 나가려 하고 있었다.

아더의 눈빛은 아카시의 정신을 날아가게 만들기에 충분했다.

드래곤의 눈빛은 인간이 감당할 수 있는 게 아니었다.

괜히 인간들이 드래곤이 나타나면 고개를 조아리고 눈을 감는 것이 아니었다.

요시키는 아카시보다 등급이 더 높았기에 스턴 상태로 끝났지만, 아카시는 아니었다.

동생의 상태가 이상해진 것을 본 요시키가 동생의 몸에 걸린 스턴 상태를 재빨리 풀고 동생의 어깨를 붙잡았다.

"아카시! 정신 차려!"

요시키의 고함에 정신이 돌아온 아카시가 떨리는 동공으로 말했다.

"형……. 오고 있어…….."

"뭐?"

"오고 있다고…….."

아카시의 말에 요시키가 고개를 돌렸다.

그러자 천천히 자신들이 있는 곳으로 걸어오는 아더와, 자신들이 데리고 온 수하들과 이곳에 미끼로 보낸 사람들을 제압하고 있는 또 다른 드래곤이 요시키의 눈에 들어왔다.

움직이지도 않았다.

그저 손을 한 번 쓱 움직였을 뿐이다.

그것으로 자신과 아카시를 제외한 모든 이가 정신을 잃고 쓰러졌다.

아더가 자신들을 향해 다가옴에도 아무것도 할 수 없었다.

'어쩌지? 도대체 한국 놈들이 무슨 수로 드래곤을 꼬셨지? 뭐지?'

침을 꿀꺽 삼킨 아카시는 도박을 해 보자는 심정으로 물었다.

"하, 한국에서 보내서 오신 것입니까?"

"호오, 이 상황에서 질문이라. 제법 담이 큰 놈이구나?"

"어차피 여기서 더 나가 봐야 죽기밖에 더하겠습니까? 이왕 죽을 거면 발버둥이라도 쳐 보고 죽어야죠."

"크크큭, 좋은 자세군. 맘에 들었다. 좋다. 너의 질문에 대답해 주지. 맞다. 한국에서 나에게 의뢰를 했다고 해 두지."

"어, 어찌 혀, 현실 세상에 계, 계신 것입니까?"

"현실? 아! 그렇군. 내가 웜홀에서 나왔다고 착각하는 모양이군. 아닌가? 보라색 웜홀에서 나왔으니 웜홀에서 나온 것은 맞나?"

"퍼, 퍼플 웜홀! 그, 그게 정말입니까? 그, 그럼 하, 한국에서 퍼플 웜홀이 나타났다고 하더니 그, 그게 정말이었습니까?"

"그러니 내가 한국에 있겠지?"

"어, 어찌해서 한국에 계신 것입니까? 저, 저희에게 오시면 하, 한국보다 훨씬 더 좋은 환경에서 모실 수 있습니다."

"오호, 지금 나에게 제안을 하는 것이냐?"

"그, 그렇습니다. 저희에게 오시면 최고의 대우를 해 드리겠습니다!"

"크크크크, 그것참 좋은 제안이구나."

아더가 긍정적인 반응을 보이자 요시키의 표정이 밝아졌다.

"그, 그럼 마, 말씀만 하십시오! 제가 무엇이든 주, 준비를……."

"아아, 한국말에 이런 말이 있지. 한국말은 끝까지 들어봐야 한다고. 좋은 제안이긴 하나 내가 말이지……. 모시는 분이 한국인이라서 말이야."

"……? 네?"

요시키는 아더가 하는 말이 이해가 되지 않았다. 누군가를 모신다는 것은 누군가의 밑에 있다는 소리였다.

눈앞에 있는 존재는 인간이 아니었다.

최강의 생물이라 불리는 드래곤이었다.

드래곤이 무엇인가.

레전드 등급이 전부 달려들어도 이길 수 있을지 장담할 수 없는 괴물이다.

그런 괴물이 모시는 인간이 있다니 이걸 어찌 믿겠는가.

요시키는 드래곤이 자신을 가지고 장난치고 있다고 생각했다. 그것이 현실적으로 더 맞는 상황이었으니 그렇게 생각한 것이다.

요시키가 진지한 표정으로 다시 말했다.

"위대한 존재시여, 저는 진심으로 드린 말씀입니다."

"나도 진심으로 대답한 건데?"

"그, 그게 무슨 말씀입니까? 어, 어찌 위대한 존재께서 인간을 모신단 말입니까? 노, 농담은 그만하시지요."

"크크크, 마법사라 그런지 남을 현혹하는 말을 잘하는구나. 안됐지만 사실이다. 그분께서 너희를 잘 교육하고 오라 명하셨다."

"그, 그분이 혹시 하, 한국 각성자 협회에 있는 협회장입니까?"

"크크크, 그놈이 내 주인이라고? 재미난 소리를 하는구나. 그놈이 제법 강하기는 하지만 그건 너희 인간들 기준에서 그런 것이지, 나에게는 놀잇거리밖에 되지 않는다."

"그, 그럼 누구입니까?"

"네놈이 알아서 뭐 할 것이냐? 왜? 복수라도 하려고?"

"아, 아닙니다! 그, 그분에게 저, 저를 데려가 주십시오! 제, 제가 그분과 직접 대화를 하겠습니……. 컥!"

말을 하던 요시키는 목에 엄청난 충격과 함께 숨이 쉬어지지 않는 것을 느꼈다.

"컥컥!"

아더가 그의 목을 잡은 채 들어 올리며 싸늘한 눈으로 그를 노려보며 말했다.

"오냐오냐해 주었더니 선을 넘는구나. 어찌 죽여 줄까?"

아더의 몸에서는 붉은빛이 감도는 드래곤 피어가 몽실몽실 피어오르고 있었다.

바로 코앞에서 그것을 느낀 요시키는 공포에 질려 자신도 모르게 바지에 오줌을 지려 버렸다.

태어나서 처음 느껴 보는 공포에 이성을 잃은 것이다.

"이크크, 이놈이? 이제 하다 하다 더러운 짓까지 하는구나."

아더는 바지 아래로 뚝뚝 떨어지는 노란 오줌을 바라보며 요시키를 비웃었다.

한편, 그 장면을 옆에서 목격하던 아카시는 이게 꿈이기를 바랐다.

요시키가 누구인가?

일본에서 자랑하는 십강(十强) 중의 한 명이었고 그중에서도 상위에 속해 있는 프리레전드였다.

일본에 있는 프리레전드 중에 나이도 가장 어리고 재능도 출중하여, 머지않아 레전드 등급에 올라설 확률이 가장 높은 천재이기도 했다.

그런 요시키를 아카시는 언제나 자랑스러워했다.

그런데 지금 그 자랑스럽던 형의 모습은 처참했다. 그 모습에 이성을 잃은 아카시가 아더를 향해 달려들었다.

"이 빌어먹을 괴물아! 우리 형을 내려놔!"

아카시가 손에 든 일본도를 발검하며 아더를 공격했다.

좌앙-! 슈악-! 까강-!

아카시가 휘두른 검은 불꽃을 일으키며 아더의 몸과 부딪혀 튕겨 나갔다.

"크흑!"

아카시는 자신의 공격이 먹히지 않았음을 깨달았지만 이대로 포기할 수는 없었다.

자신의 형을 구해야 했다.

아카시가 자신의 검에 모든 기운을 불어 넣으며 아더를 향해 다시 달려들었다.

"하앗! 패왕류(霸王類) 천지패왕참(天地霸王斬)!"

쿠와와와와-!

아카시가 휘두른 검에서 방출된 푸른 기운이 모든 것을 파괴할 것 같은 기세로 아더를 향해 날아갔다.

그 모습에 아더가 어이없는 표정으로 손을 휘저으며 말했다.

"나 참나, 누가 보면 내가 나쁜 놈인 줄 알겠네."

세상을 파괴할 것 같은 기세로 날아오던 아카시의 공격은 아더가 휘두른 손짓에 봄날에 부는 봄바람처럼 살랑거리며 사라졌다.

멀쩡한 상태의 인간이라면 지금 장면을 보고 전의를 상실했을 것이다. 하지만 눈이 뒤집힌 아카시에게는 보이지 않는 모양이었다.

점점 더 폭주하기 시작하는 아카시였다.

"크아아아아! 죽어! 패왕류 비전오의(祕傳奧義) 천지멸광참(天地滅狂斬)!"

그는 무리하고 있는지 온몸에 핏줄이 선명하게 솟아오르고 상태가 급격하게 악화하고 있는 듯했다.

아더는 일단 점점 폭주하는 아카시를 말려야겠다고 생각했고, 그가 폭주까지 해 가며 펼친 혼신의 공격을 가뿐히 무효화시켰다.

파앙-!

"꾸에엑!"

아카시의 공격을 무효화하는 중, 오른손에서 단말마의 비명 들려왔다.

재빨리 고개를 돌려 확인해 보니, 비명을 내지른 것은 오른손에 잡고 있던 요시키였다. 아더는 기절한 요시키의 모습을 보며 반성했다.

"이크, 내가 너무 힘을 주었구나."

아더는 자신도 모르게 요시키를 들고 있던 손에 힘을 주었다는 것을 깨달았다.

"이게 무슨 실수야. 저런 것 때문에 놀라서 힘을 주다니. 수련이 부족하군."

아더는 고개를 절레절레 흔들면서 요시키를 바닥에 내려놓고는 광분하는 아카시의 곁으로 순간 이동을 했다.

"네놈도 좀 자라."

파앙-.

아더는 아카시의 머리에 충격을 주어 그를 기절시켰다.

털썩-!

"죽이지 않고 제압하는 게 이렇게 힘든 일일 줄이야. 조금만 힘을 쓰면 죽어 버릴 수도 있으니 어렵다, 어려워."

최대한 살살 다뤄야 했기에 더 힘들었던 아더였다.

이들이 지구에서는 강자로 취급되지만, 아더에게는 약하디약한 인간일 뿐이었다.

"그것도 수련이다."

아카시까지 제압하고 땀을 닦으며 중얼거리고 있을 때 뒤에서 목소리가 들려왔다.

"헉! 주, 주인! 어, 언제 오셨습니까?"

"방금."

영웅의 등장에 아더가 침을 꿀꺽 삼키며 생각했다.

'역시 주인은 격이 다르다. 이렇게 가까이 올 때까지 전혀 느끼지 못했어.'

아더는 고개를 끄덕이며 감탄했다.

자신이 아무리 노력해도 따라갈 수 없는 사람이 바로 영웅이었고, 그런 그를 아더는 존경하고 경외했다.

아더의 그런 마음을 아는지 모르는지 영웅은 바닥에 쓰러진 사람들을 바라보고 있었다.

"흠, 이놈들을 어떻게 한다? 아더, 준혁이 좀 불러와."

"넵!"

영웅의 말에 아더는 곧바로 한국 각성자 협회와 연결된 게이트를 소환했다.

끼이잉-!

아더의 손에서 밝은 빛이 소용돌이치며 돌더니 이내 동그랗게 변하며 협회와 연결된 게이트가 모습을 드러냈다. 그렇게 연결된 게이트 구멍 밖으로 연준혁이 조심스럽게 고개를 내밀었다.

그러고는 신기한 표정으로 아더에게 말했다.

"와, 정말로 이렇게 연결되네요. 신기합니다."

연준혁의 말에 아더가 으쓱한 표정을 지으며 말했다.

"너도 배우면 할 수 있어. 한 200년만 배우면 가능해."

"하하, 저는 그냥 이대로 살겠습니다."

아더와 잠시 대화를 나눈 연준혁은 영웅에게 다가갔다.

"어쩔래?"

"일단은 일본 각성자 협회와 대화를 해 봐야겠습니다. 아마 그들은 저희가 제시하는 제안을 거절하지 못할 겁니다. 이런 흉악스러운 물건을 이용해 저를 치려고 했다는 것 자체가 세계 각성자 협회에 알려지면 이들도 무사하지 못할 테니까요."

"그게 다야? 나중에 또 이러면?"

"그, 그건······."

"그렇게 두루뭉술하게 넘어가면 나중뿐 아니라 당장 눈에 보이지 않는 곳에서 한국인들을 괴롭히고 억압할 거야. 밟으려면 두 번 다시 눈도 못 마주칠 정도로 확실하게 밟아야 나중에 후환이 없다."

"그럼 어찌할까요?"

영웅은 어찌할지를 묻는 연준혁을 잠시 바라보다가 입을 열었다.

"이놈들 데리고 그놈들 협회로 가자."

"직접 가시려고요?"

"응, 대화를 해 보고 말이 안 통할 것 같으면 협회 내에 있는 각성자 모두에게 제약을 걸어 버려야지."

"대화는 말로 하실 거죠?"

"봐서. 말로 될 거 같으면 말로 하고······. 아니면 뭐 다른 대화를 시도해야지. 그것도 안 되면 전부 다 제약 걸어 버리고. 어때? 좋은 생각이지?"

"······네."

영웅의 눈을 보니 말려도 소용없을 것 같았다.

"주인! 저도 옆에서 최선을 다해 돕겠습니다!"

"주인님! 저도요! 저 킬라쉬도 옆에서 한 손 거들겠습니다!"

두 드래곤까지 신난 얼굴로 떠들어 대니 더더욱 소용이 없을 것 같았다.

연준혁이 말리려 한 이유는 단순한 단체가 아닌 협회였기 때문이다.

하지만 이들이 깽판을 친다고 세계 각성자 협회가 뭐 어쩌겠는가. 그 협회에 소속되어 있는 레전드 등급 중 두 명이 영웅의 수하들인데.

'하아, 그래. 리차드 님과 남궁성 님이 알아서 잘 무마해 주시겠지.'

저 세 사람을 어찌할 수 있는 존재는 지구상에 존재하지 않는다.

일본 각성자 협회? 세계 각성자 협회?

영웅까지 갈 필요도 없었다.

아덴까지도 갈 필요 없었다.

저기 가장 끄트머리에 서서 연신 고개를 조아리고 있는 저 레드 드래곤 킬라쉬 하나면 지구가 들썩일 것이다.

그리 생각하니 마음이 편해졌고 연준혁은 될 대로 되라는 심정으로 그들을 따랐다.

***

지구에 있는 나노 머신을 컨트롤하는 종족이 머무는 달 기지.

그곳을 지휘하는 총사령관 카추는 수하의 보고를 받고는 자리에서 벌떡 일어났다.

"그게 무슨 말이야? 우리의 눈에 띄지 않은 웜홀이라니? 다른 차원과 연결을 시도했다가 실패 중인 퍼플 웜홀을 말하는 것인가?"

"아닙니다. 화이트 웜홀입니다. 완전 새로운 종류의 웜홀입니다."

"화이트 웜홀이라니? 우리는 그런 것을 생성한 적이 없는데? 어디서 발견되었는데?"

"그 희망이라는 지구인, 영웅이라는 자를 감시하다가 발견했습니다."

"뭐? 그게 무슨 말이야?"

"그를 감시하던 중에 그가 이상한 장소로 이동을 했고 그곳에 화이트 웜홀이 존재하고 있었습니다."

"어, 어디로 연결되었는데?"

"들어가는 순간 그의 몸에 붙어 있던 나노 머신과의 연결이 끊겼습니다. 그런데 그 웜홀에서 나온 생명체가 있었는데, 드래곤이었습니다!"

"뭐? 드래곤이라니? 우리가 나노 머신으로 만든 것이 아니고 진짜 드래곤?"

"그, 그렇습니다."

"그게 정말이라면……. 화이트 웜홀은……."

"저희가 그토록 연결하려던 다른 차원과의 통로라고 볼 수 있습니다."

"그, 그게 어찌 생성되었는지는 아직 파악이 안 되었고?"

"아직은 알 수가 없습니다. 지금 최대한 알아보고는 있지만, 아시다시피 놈들의 감시를 피해서 해야 하는 일이라 순탄치가 않습니다."

"그, 그렇지. 놈들……. 절대로 놈들에게 그 화이트 웜홀이 들켜서는 안 된다. 그 영웅이라는 인간과 화이트 웜홀에 대해 철저하게 감춰라."

"알겠습니다."

"그리고……. 그를 직접 만나야겠다."

"네?"

"놈들의 눈을 피해 그를 만날 방법을 찾아봐."

"저, 정말로 그를 만나러 가시려는 겁니까?"

"우리의 희망이다. 그에게 확실하게 말을 해 줘야지. 그래야 혹시라도 놈들이 알게 되어 일어날 불상사에도 그자가 미리 대비할 것이 아니냐."

"그렇군요. 강하다고는 하지만 전투 종족인 그 미친놈들에 비하면 부족하겠지요."

"그래. 영웅이라는 자가 천부인을 찾기 전까지는 조심하라고 미리 경고해 두는 것이 좋을 것 같다. 우리가 최대한 숨기겠지만 그자가 우리의 예측에서 벗어나는 행동을 한다면 놈들의 눈에 들어갈 수도 있으니까."

카추의 말에 수하가 고개를 끄덕이며 대답했다.

"일리가 있는 말씀입니다. 제가 준비해 두겠습니다."

"아! 그리고 전투력 측정기도 준비해. 영웅이라는 자의 전투력이 얼마인지 내가 직접 측정해 보겠다."

"알겠습니다. 이른 시일 내로 그를 만날 수 있도록 준비를 하겠습니다."

수하의 말에 카추가 고개를 끄덕이며 나가 보라는 몸짓을 취했다.

수하가 나가자 카추는 타고 있는 무중력 보행기 속 의자에 몸을 기대고는 밝은 조명만 가득한 천장을 바라보며 중얼거렸다.

"조바심을 내서는 안 된다. 천천히…… 그리고 조심스럽게……. 우리 종족의 자유를 위하여……."

일본 각성자 연합의 총본부에 비상이 걸렸다.

이유는 본부 앞에 쓰러져 있는 사람들 때문이었다.

본부 앞 여기저기에 쓰러져 있는 사람들은 바로 협회의 사람들이었다. 심지어 자신들이 익히 하는 프리레전드도 그곳에 있었다.

이들은 정신을 잃은 채 바닥에 그대로 쓰러져 있었고 이를 본 사람이 다급하게 달려가 비상을 울린 것이다.

비상 소리에 협회 최강의 각성자들이 다급하게 뛰어나왔고, 그중에는 일본 각성자 협회 협회장인 사사키도 있었다.

사사키는 바닥에 쓰러져 있는 사람들을 둘러보다가 자신의 동생들인 요시키와 아카시를 발견하고는 소리치며 달려나갔다.

"요시키! 아카시!"

사사키가 그들 앞에 달려가 다급한 목소리로 소리치며 흔들었지만, 그들은 일어날 생각을 하지 않았다.

"힐러! 힐러 어딨어!"

사사키의 외침에 힐러로 보이는 자들이 사방에서 달려 나왔다.

그런 그들을 보며 사사키가 분노한 목소리로 소리쳤다.

"이 새끼들아! 뭘 멍하니 보고 있었어! 사람들이 쓰러져 있으면 치료할 생각을 해야 할 거 아냐!"

"죄, 죄송합니다!"

"죄송이고 나발이고 당장 내 동생부터 봐!"

"넵!"

힐러들이 달려들자 치료하기 편하도록 자리를 비켜 준 그는 주변을 두리번거렸다.

이들을 이렇게 만든 자를 찾기 위함이었다.

그때 한 무리의 사람이 보였고 그중에 자신이 아는 자의 얼굴이 보였다.

사사키의 나직한 목소리가 흘러나왔다.

"연준혁! 네놈이었더냐!"

분노 가득한 그의 목소리가 그곳을 가득 메웠다.

사사키의 말에 잠시 고요함이 내려앉았다. 그 고요함을 깨고 대답을 한 것은 연준혁이 아닌 영웅이었다.

"적반하장도 유분수지. 지금 누가 누구에게 화를 내는 거야? 오히려 화를 내야 할 사람들은 우린데."

영웅의 말에 사사키가 살기 가득한 눈으로 바라보며 물었다.

"네놈은 누구냐? 누구길래 건방지게 끼어드는 것이냐."

"건방지게 끼어들어도 되는 사람."

"으드득! 이 조센징 놈들이 사람을 아주 가지고 노는구나! 지금 한두 놈 레전드 등급이 되었다고 기고만장을 하는 것이냐!"

사사키의 외침에 영웅이 한쪽 귀를 후비며 말했다.

"아, 새끼 진짜 말귀를 못 알아듣네. 내가 친절하게 일본 어로 말까지 해 주고 있구만. 일본어도 못 알아먹는 병신인 가? 너희가 화를 낼 상황이 아니라고! 우리가 피해자야! 저 놈들이 우리를 습격했고 그래서 피해 보상을 받으러 온 거라고. 물론, 우리는 평화적인 사람들이니까 너희 애들을 이렇

게 하나도 남김없이 무사히 여기까지 데려온 것이고. 이쯤
되면 오히려 고마워해야 하는 거 아니냐?"

영웅의 말에 사사키는 시뻘겋게 충혈된 눈으로 죽일 듯이
노려보기 시작했다.

그러고는 다시 연준혁을 바라보았다.

연준혁은 자신을 향한 눈빛을 마주하고는 어깨를 으쓱하
고 나서 말했다.

"나는 신경 쓰지 말고 이분과 대화를 해. 모든 전권은 이
분에게 넘겼으니까. 무슨 일이 있어도 나는 나서지 않을 테
니 이분과 잘 대화해 봐."

"전권을 넘겼다고? 무슨 일이 있어도 나서지 않겠다고?
크크크, 거만해졌구나. 아주 거만해졌어. 내가 저자를 찢어
죽인대도 나서지 않을 것이냐?"

"그래."

"오냐! 네놈의 그 거만함이 언제까지 가나 두고 보자! 알
고 있겠지? 레전드 등급은 함부로 다른 협회를 쳐들어가거
나 그곳의 사람들을 공격해서는 안 된다는 것을. 이것을 어
기면 세계의 모든 각성자들의 공공의 적이 된다는 사실도 말
이다."

지금 사사키가 말하는 것은 레전드 등급이 워낙에 강하기
에 그들의 움직임을 제약하기 위한 조약이었다.

레전드 등급은 타국의 협회에 간섭하거나 그곳에 목적을

가지고 가서는 안 된다.

만약에 이를 어길 시에 그 레전드 등급에게는 각성자의 힘을 사라지게 만드는 비슈누의 원반을 사용할 수 있는 조항도 있었다.

레전드 등급을 상대할 수 있는 유일한 방법이었기 때문이었다.

또한, 이 조약은 레전드 등급이 존재하지 않는 나라를 위한 배려였다.

그것을 알기에 사사키가 이렇게 당당하게 연준혁에게 큰소리를 칠 수 있었던 것이다.

협회 간이나 국가 간의 전면전이 아니고서는 레전드 등급은 함부로 나서면 안 되었다.

이래저래 제약이 많은 등급이었다.

이 대화를 듣던 영웅이 고개를 갸웃거리며 물었다.

"저건 또 뭔 소리야? 너는 여기에 상관할 수 없어? 너를 직접 겨냥하고 공격했는데도?"

"제가 피해를 입은 것이 아니기에 나설 수 없습니다."

"뭐 그런 미친 제약이 다 있어. 그럼 네가 당했으면? 능력을 모두 잃었으니 저들은 증거 인멸하고 끝났을 거 아냐."

"그렇겠죠. 그게 레전드 등급이 가진 고충입니다."

"염병하네, 진짜. 별로 강하지도 않은 등급 가지고 아주 별 쇼를 다 하는구나."

영웅과 연준혁의 대화를 듣고 있던 사사키는 무언가 이상함을 느꼈다.

레전드 등급이 무엇인가.

전 세계에서도 몇 없는 최강자들의 칭호다.

그들이 있는 국가는 그 자체로 최강국 반열에 오르고 레전드 등급은 그 국가에서 대통령보다 더한 권력과 지위를 가지게 된다.

한마디로 모든 권력의 중심이 된다는 뜻이다.

비록 한국은 레전드 등급이 둘이나 나왔기에 혼자서 독차지할 수는 없지만, 그래도 저렇게 대놓고 하대를 할 수 있는 위치가 아니었다.

그런데 연준혁이 전권을 넘겨줬다는 인물은 아무런 거리낌 없이 연준혁에게 하대하고 있었고, 연준혁은 그것을 너무도 당연하게 받아들이고 있었다.

아무리 생각을 해 봐도 이해가 되지 않는 광경이었다.

하지만 굳이 이해할 필요는 없었다. 그냥 죽기 전에 하는 마지막 발악이라 생각하고 영웅을 노려보았다.

"언제까지 떠들 것이냐. 와라."

슈팍-!

사사키의 말이 끝나기가 무섭게 영웅이 그의 바로 코앞까지 순식간에 이동했다.

"헉!"

그의 움직임이 눈에 보이지도 않았는데 자신의 앞에 나타나니 놀란 것이다.

사사키가 재빨리 뒤로 물러서며 외쳤다.

"이놈의 등급이 뭔지 스캔해!"

사사키의 명령이 떨어짐과 동시에 근처에 있던 누군가가 어디서 많이 본 안경을 재빨리 얼굴에 쓰고 있었다.

"어? 만물의 눈?"

그가 쓰는 안경이 무엇인지 본 영웅이 왠지 반가운 마음에 말했다.

그러거나 말거나 만물의 눈을 쓴 남자가 영웅을 바라보더니 말했다.

"C등급 각성자입니다!"

"뭐? 그게 말이 된다고 생각해? 방금 움직임을 너도 봤잖아!"

"하, 하지만 여기엔 그렇게 나오고 있습니다!"

"초인력은?"

"그, 그게……. 오류가 생긴 것 같습니다. 초인력이 나오질 않습니다!"

"빌어먹을, 그거 고장 났구나! 치워!"

사사키는 다시 고개를 돌려 영웅을 바라보았다.

"한 수 재간이 있는 모양인데 이제 나에게 방심은 없다."

"이해력이 떨어지네."

"뭐?"

"내가 왜 너를 공격하지 않고 있을까?"

"그, 그건⋯⋯."

"내가 너보다 압도적으로 강하기 때문이지. 강자가 약자를 배려해 주는, 뭐 그런 거지."

영웅의 말에 자존심이 상했는지 사사키가 이를 악물고 영웅에게 달려들기 시작했다.

"건방진 조센징! 그 말이 진짜인지 허세인지 내가 직접 확인해 주마!"

"또 또, 그놈의 조센징은⋯⋯."

퍼억—!

"커헉!"

영웅은 그리 중얼거리면서 달려오던 사사키에게 순식간에 이동해 그의 목덜미를 잡아 버렸다.

"끄으윽!"

사사키는 자신이 언제 어떻게 붙잡혔는지 알 수가 없었다. 그저 목에서 통증이 일어나 눈을 돌려 보니 이미 자신의 목을 붙잡고 한쪽 입꼬리를 말아 올린 채 웃고 있는 영웅이 보였다.

그리고 온전히 느껴졌다.

자신 앞에 있는 영웅의 힘이.

'이, 인간이 아니다⋯⋯. 왜, 왜 연준혁이 이, 이자에게 공

손했는지 아, 알 것 같다.'

그때 영웅이 손에 힘을 주기 시작했는지 목에 통증이 오는 게 느껴졌다.

숨을 쉴 수가 없는지 자신의 손을 잡고 발버둥을 치는 사사키를 바라보며 말했다.

"내가 아까 분명히 그 단어는 기분이 나쁘다고 말을 했을 텐데?"

"어, 언제……? 나, 나는 들은 적이 어, 없소……."

"응? 말 안 했었나?"

그의 목을 붙잡은 채 곰곰이 생각해 보니 이놈에게는 그런 경고를 한 적이 없었다.

이놈의 동생 놈들과 착각한 것이다.

"아, 저놈들에게 했었군. 미안, 미안. 형제들 얼굴이 닮아서 헷갈렸네."

툭- 털썩-!

"끄어어억! 쿨럭쿨럭!"

영웅은 사사키의 목을 놔주었고 그대로 바닥으로 떨어진 사사키는 부족한 산소를 공급하기 위해 크게 숨을 들이켜다 사레가 걸렸는지 연신 기침을 해 댔다.

"자, 미안하니까 공격 한번 해. 내가 그냥 받아 줄게."

생글거리는 표정을 지으며 포옹 한번 해 주겠다는 말투로 부드럽게 말하는 영웅이었다.

그런데 그 말을 들은 사사키는 오싹함을 느꼈다.

절대로 저 말을 들어서는 안 될 것 같은 느낌이랄까?

한편, 이 모습을 바라보는 일본 각성자 협회의 각성자들은 지금 이 상황이 이해되질 않았다.

제대로 된 변변한 공격도 하지 않았는데 자신들이 모시는 협회장은 목을 잡히고 지금은 바닥에 무릎을 꿇은 채 숨을 몰아쉬고 있었다.

당황했는지 사방에서 웅성거리는 소리가 들려왔고 이내 누군가가 크게 소리쳤다.

"지, 지금이다! 저 조센징 놈들에게서 협회장님을 구해라!"

그 소리는 말 그대로 한국에서 온 사람들에게 대한 공격을 알리는 신호가 되었다.

사사키는 재빨리 말리려 했지만, 아직 회복이 안 된 목은 그런 그의 간절한 외침을 막아 버렸다.

"끄아안디에에!"

협회 전체가 덤벼도 안 된다.

그것이 조금 전 자신이 느낀 영웅의 힘이었다.

한편으로는 저들이 왜 저리 당당하게 나서는지도 이해가 되었다. 지금 이곳에는 자신을 포함해서 프리레전드가 무려 일곱이나 와 있었다.

한두 명도 아니고 일곱이나 있으니 해볼 만하다고 생각한 것이 아닐까?

거기에 이곳은 일본 협회가 아닌가.

자신들의 안마당이기도 하니 더더욱 기세가 등등했을 것이다.

자신도 영웅의 힘을 이렇게 직접적으로 체험하지 않았다면 저들 무리에 섞여서 기세등등하게 달려 나오고 있었을 것이다.

'안 돼! 괴물이라고! 이자는 규격에 없는 괴물이야! 다메!'

목소리가 나오질 않으니 속으로 절규를 하는 것 외에 할 수 있는 것이 없었다.

사사키는 연준혁이 있는 곳으로 고개를 돌렸다.

그런데 연준혁이 재빨리 몸을 피하는 것이 아닌가.

'어? 도망을 간다고?'

이해가 되질 않았다.

레전드 등급이 맺은 조약은 먼저 공격을 하지 말라는 취지였지, 공격을 당하는 것까지 피하라는 것은 아니었다.

그랬기에 지금 상황에 대응해 일본 각성자들을 공격하는 것은 조약에 위배되는 행동이 아니니, 공격을 해도 상관없었다.

아니, 이곳에 있는 각성자들을 모조리 죽인다고 해도 세계 각성자 협회는 이것을 정당방위로 인정할 것이다.

그럼에도 연준혁은 공격이 아니라 후퇴를 하고 있었다.

사사키는 이해가 되질 않는 표정으로 저 멀리 사라지고 있는 연준혁을 바라만 보았다.

'이자를 믿고 자리를 피하는 것인가? 으드득! 저런 겁쟁이가 레전드라니!'

사사키는 실망했다.

비록 자국의 이익을 위해 한국의 레전드 등급을 깎아내리고 인정하지 않고 있지만, 속으로는 축하하고 인정하고 있었다.

그런데 오늘 저 모습을 보니 그런 마음이 사라지고 깊은 실망감만이 남았다.

그때 사사키의 눈앞에 믿기지 않는 광경이 펼쳐졌다.

화르르르르륵–!

마치 거대한 커튼이 쳐진 것처럼 불의 커튼이 그의 눈앞에 펼쳐진 것이다.

사사키는 저것이 무엇인지 알고 있었다.

"파이어 월?"

그런데 자신이 아는 파이어 월이랑 무언가 많이 달랐다.

일단 크기가 말도 안 되었다.

보통 파이어 월은 대략 담벼락 정도의 높이에 적을 저지하는 정도의 역할을 하는 마법이다.

그랬기에 위력이 강한 마법은 아니었고 지금 이곳에 있는 각성자들에게는 아무런 영향을 끼칠 수 없는 마법이었다.

하지만 눈앞에 펼쳐진 파이어 월은 높이부터가 이미 고층 빌딩 저리 가라 할 정도의 높이로 치솟아 활활 타오르고 있었다. 또한 그 열기는 지금까지 느껴 보지 못했던 엄청난 열기를 뿜어내고 있었다.

자신이라도 저 앞에서라면 당황해서 멈출 것 같은 엄청난 모습.

아니나 다를까 달려들던 각성자들이 갑자기 나타난 파이어 월에 1차로 당황하고 그 열기에 2차로 당황하며 주춤주춤 뒤로 물러서고 있었다.

일본 협회에 소속된 마법 각성자들은 경악한 얼굴로 바닥에 주저앉아 이 엄청난 광경을 보며 스바라시만 외치고 있었다.

"이게 뭐야?"

"파, 파이어 월 같은데?"

"이게 무슨 파이어 월이야? 내가 아는 파이어 월은 이러지 않아!"

그때 하늘에서 목소리가 들려왔다.

"이런 간단한 마법에도 허둥대는 놈들을 상대해야 한다니."

목소리가 들려오는 방향으로 고개를 들자 파이어 월 위에 선 두 사람의 모습이 보였다.

바로 연준혁의 옆에 있던 두 드래곤, 아더와 킬라쉬였다.

사사키는 놀란 얼굴로 그들을 바라보았다.

"뭐야? 한국에 저렇게 강한 마법사가 있다는 소리는 못 들었는데? 저 말도 안 되는 마법은 뭐야? 도망간 것이 아니었나?"

사사키는 혼란스러웠다.

한국에서 갑자기 레전드 등급이 나온 것도 믿기지 않는데 그에 못지않은 강자들이 이렇게나 많았다니.

왜 선조들이 한국을 절대로 우습게 보면 안 된다고 했는지 조금은 이해가 되는 사사키였다.

한편, 그 소리를 들은 다른 각성자들은 분노를 토해 내며 하늘에 있는 둘에게 자신들이 할 수 있는 모든 공격을 쏟아붓기 시작했다.

"잡아라!"

"죽어!"

수백에 달하는 각성자들이 일제히 공중에 떠 있는 아더와 킬라쉬에게 집중 공격을 시작했다.

그곳에 있는 각성자들의 등급은 S급부터 프리레전드까지 포진된, 일본의 전력에 가까웠다. 이만한 전력이면 웬만한 국가를 전복하고 남을 정도였고 레전드 등급이어도 긴장해야 하는 수준의 공격이었다.

그런 전력을 국가급도 아닌, 단둘에게 쏟아붓고 있었다.

이들은 자신들의 힘을 믿었고 하늘에서 자신들을 농락하

고 있는 저 둘이 곧 자신들의 공격에 힘없이 바닥으로 추락할 것을 믿어 의심치 않았다.

하지만 그런 이들의 믿음을 아더와 킬라쉬는 산산이 부숴 버렸다.

떠더더더더덩-!

수백에 달하는 각성자가 온 힘을 기울여 날린 공격은 아더와 킬라쉬의 근처에 가지도 못한 채 무언가에 부딪혀 사방으로 튕겨 나갔다.

그 모습에 마법을 난사하던 마법사가 자신의 마법 무구를 바닥에 떨어뜨리며 중얼거렸다.

"퍼, 퍼펙트 배리어?"

퍼펙트 배리어.

9서클 대마법사가 사용할 수 있는 방어 계열의 최종 마법이었다.

마법사들의 중얼거림에 공격하던 각성자들은 침을 꿀꺽 삼켰다.

9서클급의 마법.

생각해 보니 파이어 월의 위력도 일반 마법사가 펼친 것이라고 하기엔 너무도 강력했다.

"9서클급 마법사면……. 레전드 등급이잖아……. 그, 그렇다면 저, 저 위에 있는 두 사람이?"

말도 되지 않는 일이었다.

그게 사실이라면 한국이라는 나라에 레전드 등급이 도대체 몇 명이나 있다는 말인가.

사사키는 마법사들이 하는 이야기를 듣고 경악했다.

퍼펙트 배리어라면 자신이 가진 최고의 기술을 사용해도 절대로 뚫을 수 없는 최강의 방어 마법이었다.

사사키가 멍한 얼굴로 저들이 펼친 엄청난 광경을 바라보고 있을 때, 아더가 자신의 손을 들어 무언가를 생성하며 중얼거렸다.

"파이어 볼."

화르르르륵ー!

아더의 손에는 열기구 크기의 거대한 불덩이가 생성되었다. 엄청난 열기에 주변에 있던 각성자들은 기겁하며 뒷걸음질을 치느라 바빴다.

"크윽! 이런 미친!"

"이런 마법이 있다니! 과연 9서클!"

"자, 잠깐······. 저자가 방금 파이어 볼이라고······ 하지 않았어?"

"뭔 개소리야?"

"부, 분명히 들었어······. 파이어 볼이라고 하면서 캐스팅을 하는 것을."

"미친놈아! 눈깔이 삐었냐? 아니면 정신이 나갔어? 제정신이면 저걸 보고 말해! 저게 어딜 봐서 파이어 볼이냐!"

"어쩌라고! 내 귀에는 그렇게 들렸는데!"

각성자들은 뜨거운 열기를 피해 뒤로 계속 후퇴하면서도 이것으로 싸우고 있었다.

그런 이들의 싸움을 멈추게 해 준 것은 아더였다.

아주 친절하게 설명해 주었으니까.

"이거 파이어 볼 맞아. 그러니 싸우지 말자. 사이좋게 맞을 수 있도록 한가운데에 던져 줄 테니."

그리 말하고는 가벼운 동작으로 그것을 각성자들이 모여 있는 곳으로 던져 버리는 아더였다.

아래에서 그것을 바라보던 각성자들은 자신들을 향해 저 거대한 파이어 볼이 다가오기 시작하자 혼비백산하며 사방으로 흩어지기 시작했다.

"으아아악! 피, 피해라!"

"지, 진짜 파이어 볼이라고? 저게 무슨 파이어 볼이야! 헬파이어라고 해도 믿겠다!"

"떠들 시간에 한 걸음이라도 더 도망가!"

"으아아아악!"

쿠쿠쿠쿠쿠쿵-!

콰르르르르르-!

퍼퍼펑- 화르르르륵-!

마침내 땅으로 떨어진 파이어 볼은 마치 운석이 떨어진 것처럼 그곳에 거대한 구덩이를 만들어 냈다.

곧 구덩이에서는 거대한 불기둥이 치솟아 활활 타오르며 지옥에서나 볼 법한 풍경을 그곳의 사람들에게 보여 주고 있었다.

아더가 던진 파이어 볼이 떨어진 지면은 녹아내려 용암으로 변해 구덩이를 채우고 있었고, 엄청난 충격으로 생성된 먼지구름은 하늘 위를 덮어 그곳을 어둡게 만들었다.

쿠르르릉—!

심지어 하늘 위를 덮은 먼지구름에서 천둥소리와 함께 뇌전까지 일어나고 있었다.

어두운 곳에 용암이 펄펄 끓어오르고 불기둥이 치솟아 타올랐다. 하늘에서는 뇌전을 머금은 먹구름이 을씨년스러운 분위기를 연출하고 있었다.

이 엄청난 것을 간신히 피한 각성자들은 자신들의 눈앞에 펼쳐진 이 엄청난 광경에 입을 벌린 채 아무 말도 못 하고 바라만 보았다.

그런 그들의 정적을 깨는 소리가 들려왔다.

"어이쿠, 빗나갔네."

전혀 아쉽지 않은 목소리로 아쉬운 것처럼 말하고 있었다.

사실 이들이 피할 수 있도록 일부러 최대한 천천히 날아가게끔 던진 거였다.

진짜로 마음먹고 던졌다면 이곳에 있는 이들 중 대부분은 세상에서 사라지고 없었을 것이다.

놀란 것은 인간들뿐만이 아니었다.

옆에 있던 킬라쉬는 한숨을 쉬며 고개를 절레절레 흔들었다. 물론 그도 사실 아더의 파이어 볼에 놀라고 있었다.

'미친! 저게 무슨 파이어 볼이야! 다시 봐도 끔찍하네. 내가 헬 파이어를 쏴도 저것보다 약하겠다!'

충격적인 모습에 한동안 말이 없다가 아더를 향해 눈을 돌렸다.

'도, 도대체 주, 주인님은 아더 님께 어떤 훈련을 시키신 거야? 어떤 훈련을 해야 이런 엄청난 강함을 가질 수 있는 거지?'

이해할 수가 없었다.

드래곤이 낼 수 있는 힘의 한계를 이미 아득히 넘은 상태였다.

같은 드래곤이 경악할 정도니, 인간들이 느끼는 심정은 어떻겠는가.

인간들의 심정을 대변이라도 하듯이 사사키가 떨리는 목소리로 중얼거렸다. 그 소리는 그곳에 있는 모든 각성자의 귀에 들어갔다.

"이, 인간이 아니다……. 이, 인간이 아니라고 말해……. 제발……."

사사키의 말에 다들 침을 꿀꺽 삼키며 여전히 자신들을 내려다보고 있는 아더를 바라보았다.

그때 뒤에서 누군가가 뛰쳐나오더니 아더와 킬라쉬가 있는 곳으로 무언가를 던졌다.

"이렇게 갈 바에 네놈들과 같이 가겠다!"

이성을 잃은 모습으로 던진 그 무언가를 보고 사사키가 경악해서 외쳤다.

"헉! 모두 피해! 빨리! 최대한 멀리 피하라고!"

그 외침과 동시에 사사키 역시 뒤도 돌아보지 않고 달리기 시작했다.

"빌어먹을! 비슈누의 원반을 어디서 가져온 거야!"

그랬다.

이성을 잃은 각성자가 던진 것은 각성자들이 가장 무서워하는 그것, 비슈누의 원반이었다.

그곳에 있는 각성자들 역시 사사키의 외침을 듣고 저것이 무엇인지 대번에 깨닫고는 다들 정신없이 그곳을 벗어나기 시작했다.

하지만 서로 먼저 가려는 사람들 때문에 뒤엉키는 바람에 제대로 도망가지 못했다. 그 순간 하늘 위로 던져진 비슈누의 원반이 투명한 파동을 일으키며 폭발했다.

푸황-!

투명한 파동은 미처 벗어나지 못한 각성자들을 덮쳤고 각성자들은 그 자리에서 고통스러워하며 쓰러졌다.

"끄아아아악!"

"끄으으윽!"

"아아아악!"

그야말로 아비규환이 따로 없었다.

하지만 정작 가장 가까운 곳에서 비슈누의 원반을 맞은 아더와 킬라쉬는 아무렇지도 않은 표정으로 여전히 공중에 뜬 채로 아래를 바라보고 있었다.

영웅도 그 파동을 맞았고 그의 초감각에 눈에 보이지도 않는 나노 머신들이 몸에서 떨어져 나가는 것이 느껴졌다.

'흠, 아무래도 EMP 같은데…….'

그렇다면 각성자들이 능력을 잃는 것도 이해가 되는 부분이었다.

각성자들의 능력은 바로 이 나노 머신에서 나오는 것이니, 그것들의 기능이 정지된다면 능력을 잃을 테니 말이다.

EMP가 맞는다면 나노 머신을 구성하는 회로들을 모조리 태워 버려 무력화시켰을 것이다.

그 여파는 지금 각성자들의 고통으로 나타나고 있었다.

몸의 일부였던 나노 머신들이 일제히 작동을 멈추니 몸에선 그것을 노폐물로 규정하고 배출하기 위해 분주히 움직일 것이다. 또 몸의 일부였던 것들이 사라지니 몸이 적응을 해야 했다. 그 과정에서 끔찍한 고통이 동반되었다.

하지만 뒤에 올 좌절에 비하면 지금의 고통은 아무것도 아니었다.

"상태창! 상태창! 아, 안 돼……. 제발……. 상태창!"

"각성 모드! 각성 모드로 전환하라고! 전환! 전환!"

"히, 힘이……. 힘이 사라졌어……."

"아, 아이템이…… 가루가 되어 버렸어……."

영웅의 짐작대로 여기저기서 절규가 들려왔다. 그들이 착용하고 있던 아이템과 무기들이 일제히 가루가 되어 허공에 흩날리고 있었다.

저 아이템들 역시 구성하고 있던 나노 머신들의 기능이 정지되면서 저렇게 가루처럼 부서지고 있는 것이다.

사람들의 눈에 더는 영웅과 그의 일행들이 들어오지 않았다.

자신들의 인생이 송두리째 날아갔는데 그런 것이 눈에 들어오겠는가. 지금 이들이 느끼는 심정은 죽음보다 더한 상실감일 것이다.

정신이 나간 듯이 중얼거리며 하나둘씩 바닥에 주저앉았고, 이내 그곳은 통곡의 바다로 바뀌었다.

수백에 달하는 사람들이 서럽게 대성통곡을 하기 시작한 것이다.

저 멀리 도망갔다가 다시 돌아온 사사키는 이 광경을 보고 망연자실했다.

'이제……. 일본은 끝이구나…….'

지금 통곡을 하는 자들은 일본의 전부였다.

물론 다른 임무 때문에 오지 않은 프리레전드와 다른 상위 각성자들이 남아 있긴 했지만, 이제는 예전과 같은 위상을 지닌 나라로 돌아갈 수 없을 터.

그러다가 하늘을 바라보았다.

이 상황을 만든 놈은 분명 자신을 포기하고 일본을 위해 비슈누의 원반을 던졌을 것이다.

그렇다면 저기 위에 떠 있는 저놈들도 바닥에 쓰러진 채 고통스러워하고 있어야 맞는 것이다.

하지만 저 위에 있는 자들은 아무렇지도 않은 듯이 아래를 바라보고 있었다.

"어째서? 어째서 너희는 멀쩡한 것이냐! 어째서!"

사사키의 외침에 아더가 입을 열었다.

"아까 네 말에 답을 해 주지. 맞다. 우리는 인간이 아니다. 이제 만족하느냐?"

"뭐?"

사사키는 멍한 표정으로 자신들이 인간이 아니라는 둘을 바라보았다.

"인간이 아니면……. 뭐냐?"

"드래곤이지."

"뭐?"

사사키는 오늘 여러 번 놀라고 있었다.

"드, 드래곤이 어찌 현실 세상에?"

"크크큭, 너희가 말하는 퍼플 웜홀을 통해 세상에 나왔기 때문이지."

"그, 그럴 수가!"

사사키는 이제야 모든 퍼즐이 맞춰지는 것을 깨달았다.

한국에 나타났다가 사라진 퍼플 웜홀의 존재, 그리고 그 웜홀이 사라지고 난 뒤에 갑자기 실력 상승을 해 레전드 등급이 된 연준혁과 독고영재.

그리고 말도 안 되는 위력의 마법까지.

그 모든 일을 조종한 자가 드래곤이라면 이해가 되었다.

드래곤이라면 그들을 강하게 만들 방법을 알고 있을 테니까.

그렇다면 이곳에 쓰러져 있는 다른 각성자들도 원래대로 되돌릴 수 있지 않을까?

거기까지 생각한 사사키는 곧바로 아더가 있는 곳으로 달려가 그의 앞에 무릎을 꿇고 머리를 박았다.

상대가 드래곤이라면 자신은 절대로 상대가 되지 못한다.

레전드 등급도 이길 수 없는 괴물이 바로 드래곤이었다.

반대로 인간이 할 수 없는 일을 해낼 수 있는 것도 드래곤이었다.

사사키는 믿었다.

저 드래곤이라면 이 참상을 다시 원상태로 되돌려 줄 수 있을 거라고.

"위대한 존재를 몰라뵈었습니다! 저희 모두 위대한 존재의 수족이 되겠습니다! 그러니 부디 자비를 베푸시어 저들에게 내린 벌을 거두어 주시옵소서!"

사사키의 외침에 바닥에 주저앉아 망연자실하고 있던 다른 이들도 벌떡 일어나 엎드리고는 울부짖으며 외쳤다.

"저희의 모든 것을 바치겠나이다! 부디 힘을 되돌려 주시옵소서!"

어찌나 절절하고 간절한지 아더는 자신도 모르게 고개를 끄덕일 뻔했다.

"나에게 그런 능력은 없다. 하지만 그런 능력을 지닌 분이 계시긴 하지."

"네?"

"크크큭. 네놈들 뒤에 계시지 않느냐. 저분께 부탁을 드리거라. 나의 주인이시다."

아더의 말에 다들 고개를 돌렸고 거기엔 뒷짐을 진 채로 자신들을 바라보는 영웅이 보였다.

"드, 드래곤의 주인이라고?"

"그, 그게 무슨?"

"그, 그럼 저자는 뭐지? 이, 인간인가?"

사람들은 저마다 믿을 수 없는 표정으로 영웅을 바라보며 웅성거렸다.

그런 사람들과 달리 사사키는 깨달았다.

왜 영웅을 보고 덤빌 생각조차 들지 않았는지 말이다.

진짜였기 때문이었다.

'이런 멍청이! 그런 단순한 문제를 이제야 깨닫다니.'

사사키는 곧바로 영웅에게 달려가 그에게 머리를 박으며 외쳤다.

"앞으로 충심을 다해 모시겠습니다! 부디 저희를 받아 주시어 견마로 쓰시고, 훗날 저희가 하는 행동이 마음에 드셨다면 저희에게 다시 한번 기회를 주십시오!"

사사키의 말에 다들 몸을 돌려 그의 외침에 동조하며 외쳤다.

"저희를 견마로 써 주시옵소서!"

그런 그들에게 영웅이 턱을 쓰다듬으며 말했다.

"내가 원상태로 되돌리지 못하면 어쩌려고?"

"그래도 따르겠습니다!"

사사키는 영웅에게 모든 것을 걸어야 했다.

지금 이 상태라면 일본은 머지않아 망국의 길로 접어들 것이다.

그랬기에 영웅의 힘이 더더욱 필요했다.

"흠……. 뭐 내 힘이 필요해서겠지."

정곡을 찌르는 영웅의 말에도 사사키는 미동도 없이 엎드린 채 고개를 박고 있었다.

"거기 너. 이리 와 봐."

영웅은 능력을 잃은 한 명을 불렀고 지목을 당한 사람은 지체 없이 벌떡 일어나 영웅 앞으로 달려와 엎드렸다.

영웅은 그 남자의 몸 구석구석을 살펴보았다.

'몸 안에 아직 나노 머신들이 남아 있군. 하긴, 배출하려면 시간이 좀 걸리겠지. 그나저나……. 기계에도 이게 되려나?'

영웅은 되든 안 되든 일단 테스트나 해 보자는 심산으로 그의 몸에 손을 대고는 중얼거렸다.

"리스토어."

화악—!

순간 환한 빛이 손에서 퍼져 나가며 남자의 몸을 감싸기 시작했다.

남자는 환희에 찬 표정으로 몸을 부르르 떨고 있었다.

잠시 후, 영웅이 손을 떼고 말했다.

"해 봐. 돌아왔는지……. 나도 확실치는 않아서 말이지."

"하잇! 상태창!"

그와 동시에 남자는 감격의 눈물을 흘리며 허공을 멍하니 바라보다가 영웅에게 고개를 돌렸다.

그리고 무너지듯이 쓰러지며 영웅에게 엎드렸다.

"가, 감사합니다! 신! 코우기! 주군만을 바라보며 주군을 위해 목숨을 바칠 것이옵니다!"

반응을 보니 나노 머신들이 다시 복구된 모양이었다.

'어? 기계에도 통하는 건가? 하긴 과거로 되돌리는 것과

같으니……'

리스토어는 시간을 되돌림과 동시에 성스러운 힘으로 회복까지 시키는 기술이다.

덕분에 눈앞의 각성자는 몸에 있었던 자상들까지 말끔하게 치료가 되었다.

효과를 확인한 영웅은 주변을 돌아보았다.

다들 경외 가득한 얼굴로, 마치 신을 영접한 표정으로 영웅을 바라보고 있었다.

그 모습에 영웅이 피식 웃으며 손을 뻗었고 그와 동시에 온 세상이 하얗게 변했다.

사람들은 눈이 부신지 손을 뻗어 빛을 가리고 눈을 감았다.

그 순간 사람들은 느꼈다.

몸에서 느껴지는 상쾌함을.

그리고 힘이 다시 돌아오고 있음을 말이다.

잠시 후, 사람들은 환희에 찬 표정으로 자신의 몸을 바라보며 각자 상태창을 외치기 시작했다.

모두 한참 동안 떨리는 목소리로 상태창을 외치다 이내 눈물을 흘리면서 영웅이 있는 방향으로 몸을 돌렸다.

"견마들이 주군을 뵙습니다! 충성을 다해 주군을 모시겠습니다!"

하는 짓이 마음에 들지 않아 혼내 주러 왔다가 졸지에 일본 각성자 대부분을 접수해 버린 영웅이었다.

'흠, 이게 더 낫겠지. 양국의 평화와 이익을 위해서라도 말이지.'

영웅은 그리 생각하고는 고개를 끄덕이며 말했다.

"잘 부탁하지."

"충!"

그곳에 있는 사람들은 기적을 경험했고 인간이 아닌 신을 만났다.

이들은 지금 눈앞에 있는 영웅을 자신들과 같은 인간으로 생각하고 있지 않았다.

'신께서 우리를 받아 주셨다.'

'아아! 이 얼마나 영광인가. 신을 위해 일할 수 있으니 말이다!'

'나의 신이시여! 나의 목숨은 당신의 것이옵니다.'

영웅은 자신을 위해 본인들 목숨마저 아무렇지 않게 내던질 진짜 광신도들이 탄생하고 있음을 짐작도 못 하고 있었다.

자신을 단순한 조직의 수장으로 생각하는 것이 아니라 전지전능한 신이라 생각하고 있는 줄도 모른 채 그들에게 첫 명령을 내리는 영웅이었다.

"앞으로 한국이랑 친하게 지내. 한국인들 만나면 잘해 주고."

"충! 친절이 무엇인지 확실하게 보여 주겠습니다!"

"주군의 명이시다! 앞으로 한국인에게 함부로 대하는 놈들은 내가 직접 죽이겠다!"

"나 역시! 모든 것을 걸고 맹세하지! 이제부터 한국인에게 함부로 하거나 비하하는 새끼는 내 손에 죽는다!"

다들 하나같이 엄청나게 의욕을 보였다.

'뭔가 좀 심하게 의욕적이긴 한데……. 뭐 능력을 찾아서 그런 것이겠지.'

영웅은 '시간이 지나면 괜찮아지겠지.'라고 생각하고는 사사키를 바라보았다.

사사키는 여전히 고개를 숙인 채 영웅의 곁에 있었다.

"뭐, 너랑 동생들이 한 행동 때문에 따지러 온 거지만……. 다들 반성하고 있는 것 같으니 그냥 넘어가지."

"감사합니다! 주군의 하늘과 같은 은혜는 소신이 죽을 때까지 절대 잊지 않을 것이옵니다! 그리고 이번 일을 계획한 동생 놈들은 소신이 확실하게 교육해 두겠습니다!"

"같은 프리레전드로 알고 있는데……. 교육이 돼?"

"프리레전드라도 초인력에 차이가 있습니다! 소신의 초인력이 동생보다 월등히 앞서고 있고 능력도 동생 놈보다 상위에 있으니 문제 될 것이 없습니다! 팔다리를 분질러서라도 교육해 두겠습니다!"

"그래, 그럼 뭐 믿고 갈게."

"충!"

"그리고 그 짐꾼들한테 걷던 세금도 좀 적당히 받고."

"한국 짐꾼들에게는 일절 세금을 받지 않겠습니다!"

"아니……. 뭐 그렇게까지 할 필요는……."

"아닙니다! 저희의 잘못에 비하면 너무도 보잘것없는 조치입니다! 후에 그동안 저희가 저지른 악행을 반성할 수 있는 방안을 마련해 시행하도록 하겠습니다!"

너무도 완고한 표현에 영웅은 그냥 입을 다물었다.

"그, 그래. 뭐 알아서 잘하겠지. 자세한 사항은 연준혁이랑 얘기하고. 아! 아까 연준혁이 간 것은 내가 자리를 좀 피해 달라고 한 거니까 오해하지 말고. 그럼 나 진짜로 간다."

"충!"

영웅은 여전히 고개를 숙이고 있는 사사키를 한 번 바라보고는 아더와 킬라쉬에게 말했다.

"가자. 대충 해결된 거 같으니."

"충!"

스팟-!

그와 동시에 영웅과 드래곤들의 신형이 사라졌다.

그들이 사라지고 한참이 지난 뒤에도 고개를 들지 않고 있던 사사키는 천천히 고개를 들며 중얼거렸다.

"정말로 드래곤들이 주군의 수하들이었구나. 그분은 신이시다. 우리에게 경각심을 주고 깨우침을 주기 위해 내려오셨구나."

사사키의 중얼거림에 다들 고개를 끄덕이며 대답했다.

"맞습니다! 이제부터 신께서 주신 명령을 충실하게 따라야 합니다."

"그렇습니다! 우리의 할 일은 바로 한국인들에게 봉사하는 일입니다."

"신께서 그리하라 명하셨으니 어서 빨리 준비하시지요."

그들의 말에 사사키 역시 고개를 끄덕이고는 벌떡 일어나 주먹을 쥐며 말했다.

"그래! 어서 가자. 이렇게 지체하고 있을 시간이 없다."

그곳에 있던 모든 이들이 비장함이 가득한 모습으로 협회를 향해 달려가기 시작했다.

"여기가 제가 차린 회사입니다."

"허허허. 이 녀석, 진짜였구나. 게다가 규모도 제법 있는 것 같고 직원들이 널 바라보는 눈빛에 존경이 가득하더구나. 그건 거짓이 아니었어."

"과찬입니다, 아버지."

영웅익스프레스에 관해 어느 정도 정리가 되자 영웅은 자신의 아버지, 강백현을 불렀다.

영웅익스프레스는 인벤 길드의 지원에 힘입어 현재 가장 빠른 속도로 커 가고 있는 업체였다.

"영웅익스프레스라. 허허, 정말 이름도 잘 지었구나. 거기에 시기도 아주 좋고. 너도 들었지? 짐꾼 길드 중에서 1위인 인벤 길드가 바뀐 것을 말이다. 나는 그 소식을 듣고 어찌나 놀랐던지. 심지어 그들은 한국인들은 받지 않기로 유명했는데, 요즘은 아주 한국인이라고 하면 맨발로 달려 나와서 반긴다고 하더구나."

"네, 들었습니다. 요즘 수수료도 대폭 낮추고 짐꾼들도 가려 받지 않는다고 말입니다. 덕분에 사업도 날개가 달린 것처럼 술술 풀리고 있습니다."

"그건 너에게 사업 복이 있다는 소리다. 거기에 그 기회를 잡고 이렇게 짧은 시간 동안 회사를 이 정도까지 키웠다는 것은 사업 수완도 뛰어나다는 소리고. 어떠냐? 실제로 천강 그룹 계열사를 맡아 보지 않겠느냐? 너라면 정말 잘할 것 같은데."

"아직은 배울 것이 많습니다. 나중에 제가 경험을 쌓고 나서 다시 말씀드리겠습니다."

"허허허, 녀석. 그래도 싫다고는 안 해 주어 고맙구나."

강백현은 영웅의 머리를 쓰다듬어 주며 흡족한 미소를 지었다.

'말썽꾸러기였던 놈이 어느새 이렇게 컸을꼬. 고맙다, 잘 자라 주어서.'

강백현은 영웅을 바라보며 속으로 생각했고 영웅은 그 마음을 느끼고 기분 좋은 미소를 지었다.

그렇게 두 부자가 평화로운 시간을 보내고 있을 때 밖에 있던 비서가 노크하고 들어왔다.

"무슨 일이죠?"

"어느 분이 이것을 전해 주라고 하셨습니다."

비서의 목소리가 이상함을 느낀 영웅은 그녀를 유심히 바라보았다.

'뭐지? 누군가가 그녀에게 최면을 걸어 두었다.'

영웅은 비서가 건넨 편지를 받아 바라보았다.

'분명히 그녀는 이것을 거절했겠지. 그래서 최면을 걸어 나에게 보낸 모양이군.'

보아하니 시간이 지나면 풀리는 최면 같아 보였다.

"허허, 이 애비가 자식 사업하는 데에 와서 방해하고 있었구나. 구경 다 했으니 이만 가 보마."

"네? 아, 아닙니다. 오셨으니 저와 식사라도……."

"마음은 고맙지만, 이 아비도 바쁘단다. 다음에 따로 시간을 내어 같이 먹자꾸나."

"알겠습니다."

강백현은 고개를 숙이는 영웅의 어깨를 잡고 말했다.

"나는 네가 정말로 자랑스럽다. 앞으로도 잘해 봐라!"

"네!"

두 부자는 서로를 마주 보며 웃었다.

그렇게 강백현을 배웅하고 난 뒤에 다시 들어와 자신에게
온 편지를 뜯어 보는 영웅이었다.

　미소를 띤 채 편지를 읽던 영웅. 곧 미소가 서서히 사라지
면서 이내 굳은 표정이 되었다.

　이방인이여, 낯선 환경에 적응하느라 고생하시었소. 그대의 진정
한 정체를 알고 싶으시오? 그렇다면 편지에 동봉해 둔 워프 아이템
을 찢으시오. 그러면 내가 있는 곳으로 이동될 것이오.

　"뭐지? 나의 진정한 정체라니? 뜬금없이······. 거기다
가······ 이방인이라고 했다. 내가 다른 차원에서 왔다는 것을
알고 있는 건가?"

　영웅은 잠시 편지를 바라보다가 이내 편지 속에 들어 있는
워프 아이템을 찢었다.

　부욱-!

　워프 아이템을 찢자마자 환한 빛이 사무실을 가득 메웠고
이내 영웅의 모습이 사라졌다.

　슈팍-!

　허공에 강렬한 빛과 함께 아무것도 없는 황량한 곳에 모습

을 드러낸 영웅은 주변을 두리번거리며 자신을 부른 이를 찾았다.

"여긴 어디지? 그나저나 사람을 불러 놓고 모습을 보이지 않는다라……."

혼잣말이 끝나 갈 때쯤 다시 허공에서 강렬한 빛이 번쩍하더니 누군가가 모습을 드러냈다.

머리가 유난히 크고 이상하게 생긴 기계 위에 앉아 있는 모습은 마치 보행기에 앉아 있는 이티를 보는 것 같았다.

분명한 것은 인간은 아니라는 것이었다.

워낙에 특이한 일이 많이 생기는 세상이니 그러려니 하고 그에게 말을 거는 영웅이었다.

"그대가 나를 불렀습니까?"

"그렇습니다. 처음 뵙겠습니다. 저는 카추라고 합니다."

"저는 강영웅이라고 합니다. 생김새가 이곳 사람들과 다른 것을 보니 지구인이 아닌 모양이군요."

영웅의 말에 카추가 고개를 끄덕이며 말했다.

"그렇습니다. 나는 우주에서 가장 똑똑한 종족인 엘란족입니다."

"그렇군요."

"놀라지 않으시는군요. 보통 인간은 우리 소개를 하면 놀라던데. 뭐, 나중에는 기억을 지우고 다시 인간 세상으로 돌려보내긴 했지만 말입니다."

"별의별 것이 다 있는 세상인데 외계 종족이라고 없겠습니까. 그냥 그러려니 하고 넘어가는 거죠."

"역시 그들이 찾는 왕답군요. 배포도 남다르십니다."

"그들? 왕? 무슨 소리입니까?"

영웅의 물음에 카추가 이내 심각한 표정을 지으며 되물었다.

"천뢰신검. 그것을 제게 보여 줄 수 있겠습니까?"

"천뢰신검?"

"그렇습니다."

영웅은 잠시 고민하더니 이내 4차원 공간에 있는 천뢰신검을 꺼내 카추에게 보여 주었다.

카추는 영웅의 손에 들려 있는 검을 보더니, 돋보기처럼 생긴 물건을 꺼내 검을 유심히 살펴보기 시작했다.

그러더니 돋보기를 다시 집어넣으며 말했다.

"진품이군요. 거기에 이렇게 아무렇지도 않게 이 검을 잡고 있다는 것은 검이 그대를 주인으로 인정했다는 뜻이기도 하겠지요."

카추의 말에 영웅이 고개를 끄덕였다.

"그 검의 유래가 무엇인지 아십니까?"

"모릅니다."

"그 검은 천부인이라 불리는 삼신기 중 하나입니다. 바로 홍익인간들의 왕을 나타내는 신물들이지요."

"홍익인간들의 왕이라니요? 그게 무슨 말입니까?"

"우주에는 수많은 종족이 살아가고 있습니다. 그중에는 행성을 창조하는 종족도 존재하지요. 그 행성을 창조하고 생명을 탄생시키는 종족이 바로 홍익인간입니다. 당신이 들고 있는 그 검은 바로 그 홍인인간들의 왕만이 사용할 수 있는 검이고요. 그 검이 주인으로 인정했다는 것은 당신이 홍익인간들의 진정한 왕임을 증명하는 것이죠."

"나는 그들을 전혀 모르는데 어찌 왕이 됩니까? 그리고 이 검은 나 말고도 사용한 자가 있었습니다."

"누군가가 사용을 했다면 그건 검이 인정을 한 것이 아니라 자신을 위해 상부상조를 한 것이겠지요. 그가 진정으로 그 검을 다루었다면 그 세상은 남아 있지 않았을 겁니다. 그 검이 가진 진정한 힘을 제대로 통제하지 못했을 테니 말입니다."

"허⋯⋯. 검이 상부상조한다고요?"

"그렇습니다. 영성이 있기에 자신에게 도움이 되는 것을 판단할 수 있지요."

카추의 말을 들은 영웅은 천뢰신검을 바라보며 피식 웃었다.

검 주제에 편히 지내기 위해 협조까지 하다니.

검을 들여다보는 영웅을 보며 카추가 심각한 표정으로 물었다.

"영웅 님, 어느 순간 강해지지 않았습니까? 어떤 이유도 없이 갑자기 한순간에 힘이 생기지 않았습니까?"

"맞습니다."

"그럼 맞습니다. 당신은 그들의 왕으로 선택이 된 인물입니다. 홍익인간, 그들의 모습은 당신과 똑같습니다. 이유는 자신들과 똑같은 모양으로 인간을 창조했으니까요."

"그럼 나도 그들이 창조해 낸 인간 중에 하나라는 뜻입니까?"

"그렇습니다. 당신 역시 그들이 창조해 낸 인간 중 하나입니다."

"아니, 그런데 어찌 내가 그들의 왕이 된단 말입니까? 자신들이 창조한 것을 왕으로 모신다니⋯⋯. 이해가 가질 않는군요."

"그들이 인간들을 창조하는 이유는 자신들의 왕을 찾기 위함이지요. 선택받은 인간이 나타날 때까지 그들은 끊임없이 인간을 창조합니다. 자신들의 왕이 나타날 때까지 말입니다."

영웅은 고개를 갸웃거렸다.

"이해가 안 되겠죠. 저도 자세한 것은 모릅니다. 나중에 홍익인간들을 만나면 자세히 들으십시오. 다만, 왕으로 선택되면 모든 차원에 있는 그대와 똑같은 도플갱어들의 힘과 능력을 모조리 흡수한다고 들은 것 같습니다. 셀 수도 없이 많은 차원에 존재하는 이들의 힘을 하나로 모았으니 그 힘의 크기가 얼마일지 짐작이 가십니까? 지금 당신이 가진 그 힘이 바로 그것입니다. 갑자기 강해진 이유도 바로 그것이고요."

이때까지 자신이 강해진 이유를 몰랐는데 카추가 그 이유를 상세하게 말해 주자 충격을 받은 영웅이었다.

그러다가 문득 떠오르는 것이 있었다.

그건 바로 자신이 화이트 웜홀을 통해 다른 차원으로 갈 때마다 만났던 자신과 똑같은 도플갱어들이 형편없는 사람이었다는 점이다.

그것을 생각하니 카추의 말이 점점 더 사실로 다가왔다.

영웅의 표정을 본 카추가 미소를 지으며 말했다.

"무언가 짐작이 가는 부분이 있군요. 화이트 웜홀. 그것을 통해 간 다른 차원 속 도플갱어들이 형편없는 인간들이었나 보죠? 거기에 그들의 생도 짧았을 것입니다."

"그, 그렇습니다."

"자연의 섭리 같은 것입니다. 그들은 그대를 위해 존재하는 자들이니 그것이 그들의 운명이고 역할입니다. 하하, 역시 제가 제대로 보았군요. 당신은 홍익인간들의 왕이 맞습니다. 그것이 당신의 진정한 정체입니다."

3장

자신이 평범한 인간은 아닐 것이라고 생각했지만, 행성과 생명체를 창조해 내는 초월적인 존재들의 왕이었다니.

잠시 복잡한 머릿속을 정리라도 하는 듯이 멍하니 서 있는 영웅을 카추는 아무 말 없이 기다려 주었다.

카추의 짐작대로 영웅의 머릿속은 여러 생각들로 가득했다.

지금까지 베일에 가려졌던 자신의 힘이 어디서 왔는지를 알게 되었고 자신의 존재 이유에 대해서도 듣게 되었으니 영웅의 마음속은 복잡했다.

마치 막장 드라마 속의 주인공이 된 기분이었다.

그리고 왜 평행세계 속에 존재하는 또 다른 자신이 무능력하고 멍청했는지 깨달았다.

그게 자신 때문에 일어난 일이라 생각하니 괴로웠다.

그런 영웅의 심정을 짐작했는지 카추가 말했다.

"그들을 불쌍하다고 생각하지 마세요. 그들은 그들의 역할을 다하고 간 것입니다."

"하지만……. 저 때문에……."

영웅의 말에 카추가 고개를 저으며 말했다.

"그들이 곧 영웅 님입니다. 원래 하나가 되어야 할 영혼들이었습니다."

카추의 말에도 영웅의 표정은 풀어지지 않았다. 그런 영웅에게 카추가 한 가지 방법을 제시했다.

"그들이 정말로 불쌍하다고 여겨지면 영웅 님이 홍익인간의 진정한 왕이 되시면 됩니다. 그리하면 그들의 소울을 회수하여 다시 창조할 수 있습니다. 영웅 님이 미안해하는 그 마음만큼 능력을 부여해서 환생 후의 삶은 행복할 수 있도록 만들어 주시면 됩니다."

"그게 가능합니까?"

"가능하지요. 홍익인간들이 하는 일이 그것이니까요."

"아까 저더러 왕이라고 하지 않으셨습니까. 또 다른 자격이 필요합니까?"

영웅의 말에 카추의 표정이 굳었다.

"사실 자격이라기보단 홍익인간들을 구하셔야 합니다. 저도 그들의 왕이 어떤 형태로 완성이 되는지는 자세히 모릅니다. 그러니 그들을 구하시고 직접 들으십시오."

"네? 그게 무슨 말씀입니까? 그들을 구해야 한다니요?"

"현재 홍익인간들은 엄청난 위기에 몰려 있습니다. 무라트족이 어디론가 숨어 버린 홍익인간족을 찾아 멸족시키겠다고 벼르고 있거든요."

"아니, 세상을 창조하는 초월적인 존재들을 그렇게 만들 존재가 있습니까?"

"하하, 우주는 넓습니다. 창조하는 종족이 있다면 그것을 파괴하는 종족도 있지요. 그것이 우주의 섭리니까요. 그 파괴를 일삼는 종족의 이름이 무라트족입니다. 그들은 우주 최강의 전투 종족입니다. 홍익인간은 창조에는 능하지만, 전투에는 재능이 없는 종족입니다."

"그게 말이 됩니까?"

"그들은 평화를 사랑하는 종족이니까요. 하지만 그렇다고 마냥 당할 수는 없으니 자신들도 종족을 보호할 방편을 마련했습니다. 그것이 바로 홍익인간들의 왕인 환웅(桓雄)입니다."

"환웅."

한국인이라면 익히 알고 있는 설화다.

아는 것이 나와서 그런지 영웅의 표정이 조금 풀어졌다.

"저도 여기저기에서 들은 내용이라 자세하진 않지만 그래도 제가 아는 한도 내에서 들려드릴 수 있습니다. 들으시겠습니까?"

카추의 물음에 영웅이 고개를 크게 끄덕였다.

"그들은 자신들이 가진 능력을 동원하여 자신들을 지켜 주는 왕을 탄생시켰습니다. 초대 환웅은 엄청난 전투력을 지녔고 홍익인간족이 사는 행성을 침공한 무라트족을 압살하였다고 합니다. 문제는 첫 번째 환웅의 상태가 불안정했다는 것입니다. 너무도 강력한 힘을 몸에 몰아넣었기에 그 힘을 감당하지 못한 몸이 점차 균열을 일으키기 시작했습니다."

몸이 균열을 일으켰다는 말에 영웅은 자신도 모르게 몸을 훑으며 침을 삼켰다.

"결국, 홍익인간족의 첫 번째 왕은 그 힘을 감당하지 못하고 폭사하고 말았습니다. 자신들이 심혈을 기울여 만든 왕의 끔찍한 최후를 본 홍익인간족은 왕을 보호할 장치를 마련하기로 합니다. 그들은 왕의 힘을 나누어 간직할 수 있도록 삼신기를 만들었습니다. 그것이 바로 천부인입니다. 천뢰신검 역시 왕의 힘이 담겨 있는 신물이지요."

"천부인……. 그러면 두 번째 왕도 탄생했습니까?"

"그렇습니다. 그들의 두 번째 왕은 5백 년 전에 탄생했었지요. 하지만 천부인의 힘에 적응하는 중에 무라트족이 다시 침공합니다. 두 번째 왕은 천부인의 힘을 온전히 쓰지도 못하고 무라트족을 막다가 장렬하게 전사합니다. 그때 무라트족은 천부인의 존재를 알게 되죠."

"그래서 어찌 되었습니까?"

"무라트족은 홍익인간들의 왕이 얼마나 강한지 직접 경험했습니다. 그들은 왕의 힘이 천부인에서 나온다고 생각했습니다. 그래서 그들은 홍익인간들로부터 천부인을 빼앗으려 했습니다."

"일단 천뢰신검이 제 손에 있으니 빼앗기진 않았군요."

"그렇습니다. 사실 천뢰신검이 영웅 님 손에 들려 있는 것도 엄청난 행운입니다. 왜냐하면, 홍익인간들이 그 천부인을 빼앗기지 않기 위해 자신들이 만든 모든 평행우주에 무작위로 뿌려 버렸습니다. 수천 개가 넘는 평행세상 속에서 천뢰신검을 찾으신 것입니다. 운이 좋으셨습니다."

카추의 말을 유심히 듣고 있던 영웅은 고개를 들어 그를 바라보며 물었다.

"그런데 어찌 저에게 그런 이야기를 해 주는 겁니까?"

"제가 이런 이야기를 하는 이유는 우리 종족 역시 그 무라트족에게 억압을 받고 있기 때문이지요. 무라트족을 이길 수 있는 존재는 우주에서 오직 하나뿐입니다. 홍익인간족의 왕, 바로 당신 영웅 님뿐이죠. 그대를 찾아온 이유 역시 그 무라트족 때문입니다. 그대만이 그들에게서 저희를 해방해 줄 수 있습니다."

"그대들이 나를 찾은 것처럼 무라트족도 나의 존재를 알고 있지 않을까요?"

영웅의 말에 카추가 고개를 저으며 말했다.

"그들은 모릅니다. 제가 영웅 님에 대한 모든 정보를 차단했으니까요."

"제 정보를요? 어떻게?"

"이 지구……. 각성자들과 수많은 웜홀. 그리고 그들을 구성하는 것들을 모두 저희가 관리하고 있습니다. 저희가 마음만 먹는다면 지구상의 모든 인간을 레전드 각성자로 만들 수도 있고 모든 인간을 평범하게 만들 수도 있습니다. 거대한 괴수를 만들어 지구를 쑥대밭으로 만들 수도 있고 지구인들은 상상도 못 할 과학기술을 선보일 수도 있습니다."

"지구에 있는 이 모든 현상을 당신들이 만들었다는 말입니까?"

"그렇습니다. 이 지구에 있는 특이한 현상과 각성자들 그리고 수많은 아이템은 전부 저희가 만든 것입니다."

"무엇 때문에?"

"웜홀과 나노 머신을 활용해 만든 최강의 전투 병력을 만들기 위함이지요. 하지만 현재 이 세상을 만든 가장 큰 이유는 웜홀입니다."

"웜홀이라……. 그 안에 세상은 그대들이 만든 세상이 아닙니까?"

"맞습니다. 일반적으로 지구의 각성자들이 들어갈 수 있는 웜홀은 저희가 만든 웜홀입니다. 그들을 훈련시키고 능력을 발전시키는 용도로 만든 것이지요. 거기서 얻는 아이템과 보상은 그들이 웜홀 속에서 활동하게끔 만드는 원동력을 제공하고요."

"그런데 어찌 웜홀이 중요하다고 하는 겁니까? 언제든지 만들 수 있는데."

"저 웜홀들은 테스트용입니다. 진짜는 바로 지구에서 말하는 퍼플 웜홀. 그것이지요. 아직 완벽하게 웜홀을 열지 못해 많은 사고가 일어나고 있지만……. 아, 지구인들에게 피해를 준 것은 사죄드립니다. 아까도 말씀드렸다시피 저희에겐 선택권이 없었습니다. 저희도 살기 위해선 시키는 대로 해야 했으니까요."

카추의 사과에 영웅은 고개를 끄덕였다.

"나중에 그대들에게 자유가 찾아온다면 지구를 위해 큰 선물을 주세요. 그러면 됩니다."

"알겠습니다. 지구에 저희가 아는 지식을 전해 주겠습니다."

"뭐 그건 지구인들과 알아서 할 이야기고……. 아까 하던 이야기 계속하시겠습니까? 퍼플 웜홀을 만들려는 이유가 뭡니까?"

"퍼플 웜홀은 홍익인간들이 만든 또 다른 세상을 연결하는 일종의 워프 게이트입니다. 무라트족이 가장 중점으로 공략하는 기술이고요. 퍼플 웜홀이 완벽하게 연결되면 홍익인간들의 천부인을 찾기 수월할 테니까요. 그때 지구에서 훈련한 각성자들을 투입할 예정이었습니다. 지구의 각성자들에겐 전설의 아이템이 퍼플 웜홀 어딘가에 숨어 있다고 말하고 그들에게 찾게 할 생각이었죠."

카추의 말에 퍼즐 조각들이 하나둘씩 맞춰져 가고 있었다.

지구에 왜 각성자들이 생겨났고 웜홀이 왜 존재하며 재앙이라 불리는 퍼플 웜홀이 왜 생성되는지까지도.

대격변이라 불리는 현상은 앨런족이 퍼플 웜홀을 불러오면서 지구에 과부하가 생겨 벌어지는 현상이었다.

'그래서 아더에겐 나노 머신이 없었군. 아더는 홍익인간들이 창조한 피조물이었기 때문에.'

지금까지 만나던 사람들이 자신을 신으로 추앙했는데 이제 보니 정말이었다.

그들을 만든 홍익인간들의 왕이니 신이나 다름없었다.

"그 무라트족이라는 놈들은 어디에 있습니까?"

"현재 다른 행성을 정복하러 간 상태입니다. 그들의 유일한 취미이자 그들이 살아가는 이유지요. 왜 물으시는 겁니까? 설마 지금 그들과 싸우려는 것은 아니시죠?"

"왜요? 제가 질 것 같습니까?"

"하아……. 그들은 정말로 강한 종족입니다. 괜히 행성 파괴자라 불리는 놈들이 아닙니다."

"저희 속담에 이런 말이 있지요. 길고 짧은 것은 대봐야

안다고 말입니다."

영웅이 물러설 기미를 보이지 않자 카추는 한숨을 쉬며 자신이 가져온 전투력 측정기를 꺼냈다.

"그러면 제가 영웅 님의 전투력을 측정해 드리겠습니다. 그들과 싸울 수 있는 힘을 지녔는지 봐 드리죠."

영웅의 억지에 카추가 마지못한 척 이야기를 꺼냈지만 사실 살짝 기대하고 있었다.

'홍익인간들의 왕이니 그래도 강하겠지?'

그렇게 마음속에 기대를 품은 카추. 그가 꺼낸 전투력 측정기의 모습은 수영할 때 쓰는 고글같이 생긴 모습이었다.

이내 고글에 푸른빛이 감돌기 시작하더니 고글 옆 부분에서 붉은색 빛이 흘러나와 영웅의 몸을 스캔하기 시작했다.

"죄송합니다. 남들 눈을 피해 가져오느라 오래된 물건을 가져왔더니 시간이 조금 걸리는군요."

카추는 그리 말하며 영웅에게 양해를 구한 뒤에 결과가 나오기를 기다렸다.

삐빅—!

이내 결과가 나왔고 결과를 지켜보던 카추의 표정은 기대 가득한 얼굴에서 점차 실망하는 표정으로 바뀌었다.

카추는 더는 보기 싫다는 표정으로 재빨리 고글을 벗어 옆으로 던졌다.

그리고 영웅에게 결과를 말해 주었다.

"하아, 영웅 님은 강합니다."

"그래요? 그럼 무라트족이 있는 곳을 안내해 주시죠."

"지구에 있는 각성자들에 비해서 강하다는 말씀입니다."

"네?"

"결과가 나왔습니다. 전투력……. 그러니까 지구에서 말하는 초인력이라 생각하시면 됩니다. 보통 지구에 있는 레전드급 각성자의 초인력이 30만 전후 수준입니다. 영웅 님의 초인력은 5천만입니다. 그들에 비해 압도적으로 강한 수준이지요. 하지만 무라트족에게는 안 됩니다."

"그들이 그렇게 강합니까?"

"무라트족의 일반 전투 병력의 초인력이 1억입니다. 당연히 그 위에 존재하는 무리는 말하지 않아도 아시겠죠? 무라트족 족장의 전투력은 10억입니다. 영웅 님의 전투력은 5천만…… 무라트족의 족장은 10억. 이제 아시겠습니까? 그들이 얼마나 엄청난 종족인지 말입니다. 왜 초월적인 능력을 가진 홍익인간들이 그렇게 속절없이 당했는지 이제는 아시겠습니까? 압도적인 힘 앞에선 그 어떤 것도 소용없습니다."

지금까지 자신이 우주 최강이라 생각하고 살아왔었다.

하지만 하늘 위에 하늘이 있다던가?

정말로 말도 안 되는 종족이 존재하고 있었다.

영웅은 힘을 가진 이후에 처음으로 좌절감을 맛보았다.

축 처진 영웅을 보던 카추가 그를 위로했다.

여기서 겁을 먹고 포기해 버리면 곤란하기 때문이었다.

"그래도 천부인을 얻으신다면 진정한 힘을 갖게 된다고 하니 희망을 품어야지요. 저희도 최선을 다해 돕겠습니다."

그렇게 위로하고 있던 그 순간.

카추가 아무렇게나 던져 놓은 고글에서 희미하게 숫자가 나타났다 사라지기를 반복하고 있었다.

[—,-50,000,000]
[19,850,000,000]

198억이라는 숫자가 전투력을 나타내는 고글에 잠시 찍혔다가 사라졌다.

자신이 던져둔 고글의 변화를 눈치채지 못한 카추는 영웅을 위로하느라 정신이 없었다.

자신이 너무 사실을 말했다고 자책하며 말이다.

'젠장, 조금 낮춰서 부를걸. 너무 사실대로 말해 버렸군.'

카추는 영웅이 모든 것을 포기하고 숨어 버릴까 봐 겁이 났다.

하지만 영웅은 잠시 고개를 숙이고 힘없는 표정으로 있다가 번쩍 고개를 들고 주먹을 불끈 쥐며 외쳤다.

"그래! 한번 해 보자! 이게 내 숙명이라면 해 봐야지! 아자! 영웅! 너는 할 수 있다!"

다시 활기찬 모습으로 의지를 불태우는 영웅을 보며 카추는 안도의 한숨을 내쉬었다.

　"잘 생각하셨습니다. 저도 최선을 다해 영웅 님을 돕겠습니다."

　"감사합니다! 일단 지구상에 있는 화이트 웜홀부터 전부 탐험해 봐야겠어요."

　"아! 화이트 웜홀! 맞다! 그게 있었지."

　"화이트 웜홀에 대해선 잘 모른다는 말투 같은데요?"

　"하하, 맞습니다. 화이트 웜홀은 저희도 생소한 웜홀이라 지금 연구하고 있습니다. 다만, 무라트족의 눈을 피해 조사하느라 시간이 오래 걸렸습니다. 지금까지 알아낸 것은 화이트 웜홀은 우리가 그토록 연결하려 했던 퍼플 웜홀의 진화형이라는 것뿐입니다."

　"어찌 되었든 그것들이 홍익인간들이 만든 평행세상과 연결되어 있는 것을 제가 확인했으니, 지구상에 존재하는 화이트 웜홀을 모두 찾아서 나머지 천부인을 찾아봐야겠습니다. 겸사겸사 수련도 하고요. 그동안은 타고난 힘만 믿고 수련은 아예 하지 않았었는데 이번에 크게 깨달았습니다."

　"좋은 자세입니다. 영웅 님이라면 해내실 수 있을 겁니다."

　"이럴 때가 아니네요. 지금이라도 당장 화이트 웜홀을 찾아봐야겠습니다."

"알겠습니다. 앞으로 영웅 님에게 도움이 될 수 있도록 저도 최선을 다해 지원하겠습니다. 저에게 연락하고 싶다면 이것을 이용하시면 됩니다."

그러면서 팔찌 하나를 내밀었다.

"그곳에 저와 바로 직통으로 연결되는 통신기가 부착되어 있으니 언제든지 부르시면 됩니다. 다만, 제가 답변이 없을 때는 무라트족과 만나고 있을 때이니 그 점은 이해해 주십시오."

"알겠습니다. 감사합니다."

"그럼 저는 이만 가 보겠습니다. 참, 제가 있는 곳은 저기에 있는 달의 내부입니다. 참고하시면 됩니다."

"달 내부에 그런 것이 존재하고 있었군요. 알겠습니다."

둘은 그렇게 인사를 나누고 각자의 길을 향해 움직였다.

한편, 달 내부에선 전투력 측정기를 관리하는 무라트족이 카추가 가져간 고글을 찾고 있었다.

"어? 어디 갔지? 분명히 여기에 두었는데."

"뭐를 찾는데?"

"응, 불량으로 들어온 전투력 측정기. 오래된 제품이라 그냥 폐기하려고 여기에 놔뒀는데, 없어졌네."

"에이씨. 그걸 멀쩡한 측정기가 있는 곳에 올려놓으면 어떡해! 뭐가 불량인데? 심각한 불량이면 난리 난다. 알지? 전투력 측정기에 따라 적을 어찌 상대할지 결정하는 거."

"알지, 아주 잘 알지. 하지만 걱정할 건 없어. 그 측정기는 전투력이 천만 단위까지만 나오는 작은 문제니까. 뭐 가끔 희미하거나 지직거리면서 전부 비추긴 하지만……."

"아, 그게 문제야? 그럼 다행히 사용하는 데 크게 문제는 없겠네. 크크, 억 단위로 나오는 종족은 우리 무라트족 외엔 없으니까."

"맞는 말이지. 그나저나 진짜 어떤 놈이 가져간 거야?"

"됐어! 구형이라며 가져간 놈도 대충 쓰다가 버리겠지."

"그런가? 에이씨, 몰라. 기분도 안 좋은데 수련이나 하러 가자."

"그래! 가자!"

카추와의 만남이 있고 며칠이 지났다.

영웅은 연준혁에게 지구에 있는 화이트 웜홀을 전부 조사해서 알려 달라고 말한 뒤에 수련하고 오겠다고 말했다.

그 말에 연준혁은 자신이 잘못 들었나 싶어 영웅의 앞에서 귀를 세차게 후볐다.

"네에? 방금 뭐라고? 제가 잘못 들은 것 같아서요."

"수련하고 오겠다고. 내가 그동안 너무 자만한 것 같아."

"자만……하셔도 될 것 같은데요."

"아니야, 약해!"

"……."

연준혁은 뭐라 말을 해야 할지 떠오르지 않아 잠시 입을 다물고 영웅을 바라보았다.

지구 최강, 아니 우주 최강이라고 해도 부족함이 없는 양반이 갑자기 나타나서는 자기가 약하다고 저리 말하니 뭐라 대꾸를 한단 말인가.

연준혁은 자신을 놀리기 위해 카메라를 설치하고 몰래 찍고 있는 것이 아닌지 주변을 두리번거리기까지 했다.

그러다가 자신과 같은 표정으로 영웅을 바라보고 있는 아더와 킬라쉬를 바라보았다.

킬라쉬는 자신이 있던 원래 세상으로 돌아가지 않고 이곳에 머물며 영웅을 모시겠다고 선언한 상태였다.

"주인, 거기서 더 강해질 것이 남았습니까?"

아더의 말에 영웅이 그를 바라보며 말했다.

"나는 지금까지 살면서 수련을 해 본 적이 없어. 원래 강했으니까. 그런데 이번에는 한번 해 보려고. 진지하게!"

"아니……. 그러니까 왜요?"

"약하니까! 나는 약해!"

"하아……. 미치겠네……."

아더마저 더는 말이 통하지 않는다는 표정으로 중얼거리

며 자신의 이마를 감쌌다.

이들이 왜 이러는지 잘 알지만, 영웅은 이유를 말해 주지 않을 생각이었다.

괜히 이야기해서 이들까지 걱정에 밤잠을 설치게 하고 싶진 않았다.

'내가 강해지면 되는 일이다. 무라트족이라고 했지? 반드시 그들보다 압도적으로 강해져야 한다.'

이를 악물고 의지를 다지는 영웅을 보며 더는 말려도 소용없겠다고 생각한 이들은 결국 영웅을 보내 주기로 마음을 먹었다.

"그러면 어디서 수련을 하실 생각입니까?"

"일단 태양에 들어가서 태양의 기운을 흡수하며 몸을 정갈히 하고 시작할 생각이야."

"어딜…… 들어간다고요?"

"태양."

"……거기가 사람이 들어갈 수 있는 곳입니까?"

"웅? 나는 가끔 가는데? 몸이 찌뿌둥할 때."

"……네……. 그러시군요."

다들 이건 처음 듣는 이야기였다.

'미친, 태양이라니. 아니 그 전에 우주에서도 멀쩡하게 움직이는 저 몸뚱이는 뭔데?'

연준혁은 영웅을 바라보며 자기도 모르게 질린 표정을 지었다.

그러면서 궁금한 점을 물었다.

"우, 우주 공간에는 공기가 없는데……. 어찌 움직이십니까?"

"응? 숨 안 쉬어도 사는 데 지장 없더라고."

"……그렇군요……."

연준혁은 무엇이 잘못되었는지 깨달았다.

영웅을 인간이라는 것에 대입했기에 지금 이런 상황이 만들어진 것이다.

'하아……. 저분을 단순한 인간이라고 생각하니 이러지.'

연준혁은 모든 것을 받아들이기로 마음먹고 영웅에게 말했다.

"알겠습니다. 부디 잘 다녀오십시오. 이곳은 제가 잘 지키고 있겠습니다."

"응! 그럼 잘 부탁해! 그럼 나 다녀올게."

영웅은 해맑은 표정으로 손을 흔들고는 순식간에 사라졌고 그곳에 남아 있던 이들은 황당한 표정으로 영웅이 있던 자리를 멍하니 바라보고만 있을 뿐이었다.

영웅이 수련을 떠나고 며칠이 지나고 리차드가 한국 각성자 협회를 찾아왔다.

"오! 리차드! 어서 오십시오."

"하하, 잘 지냈는가?"

"네, 아주 잘 지내고 있습니다."

둘은 그렇게 한참을 서로의 안부를 물으며 대화했다.

"그런데 어쩐 일로 오셨습니까?"

"아, 마스터도 뵐 겸 그분께 부탁을 드릴 것도 있고 해서 겸사겸사 왔네."

"아······. 주군을 뵈러 오셨군요."

"하하, 이 사람 서운한 것인가? 당연히 자네도 보러 온 거네."

"아, 아니 그게 아니라 무언가 오해를 하고 계신 것 같은데······. 주군은 지금 이곳에 계시질 않습니다."

"응? 무슨 말인가? 마스터께서 안 계시다니? 혹시 다른 화이트 웜홀을 찾아 들어가신 건가?"

"아닙니다. 저기 그게······."

"이 사람아, 답답하네. 시원하게 말해 보게."

"하아······. 수련을 하러 가셨습니다."

"응? 뭐? 뭘 하러 가셨다고?"

"수련이요, 수련."

"그 강해지기 위해서 하는 그 수련? 아니지?"

"맞습니다. 강해지기 위한 그 수련이요."

"……왜에?"

"저도 잘 모르겠습니다. 갑자기 오시더니 자신의 약함을 깨달으셨다면서, 강해지기 위해 수련을 하고 오시겠다고 떠나셨습니다."

"약해? 누가? 마스터가? 약하다고?"

"네."

"그럼 나는? 우리는? 뭔데?"

"그분을 우리와 같은 인간으로 대입하면 좌절감만 느껴지니 그냥 초월적인 존재로 생각하십시오."

"그렇긴 하지. 마스터는 신이니까. 아니, 그런데 거기서 더 강해지시겠다니? 우주라도 박살을 내시려고 그러시나?"

"모르겠습니다. 도통 물어도 대답을 안 해 주시니……."

"어디서 지고 오셨나?"

"에이, 그런 말도 안 되는 소리를 하십니까."

"그렇지? 내가 말하고도 이건 아니다 싶었어."

"그냥 다른 이들이 수련을 통해 강해지는 것을 보고 자극을 받은 것이 아닐까요?"

"그런가? 아니…… 그런데 거기서 더 강해지면 도대체…… 얼마나 더 강해지시는 거지?"

"지금도 측정 불가입니다. 아시지 않습니까. 만물의 눈. 거기에 측정 불가 떴습니다."

"허……. 그런데도 약하다고 생각하시다니……. 나도 분발해야겠군."

"사실 저도 이번에 느낀 바가 많았습니다. 그래서 요즘 초심으로 수련을 하고 있지요."

"좋은 생각이군."

"그나저나 정말로 오신 목적이 무엇입니까?"

"아! 내 정신 좀 봐. 말했다시피 마스터께 부탁을 드릴 일이 있어서 왔다네."

"주군께 부탁을 드릴 일이면 쉽게 해결이 안 되는 문제겠군요. 화이트 웜홀인가요?"

"맞아. 마르코가 부탁하더군."

"미국입니까?"

연준혁의 물음에 리차드가 고개를 끄덕였다.

"이번에도 구출 요청입니까?"

"맞아. 마르코의 조카가 S급 각성자인데, 화이트 웜홀을 지키는 임무를 수행하던 중 호기심에 각성자의 은총을 구해 그 안으로 들어갔다는군."

"허……. 왜 그런 무모한 짓을……."

"그 나이 때가 한창 호기심이 왕성할 나이가 아닌가. 아무튼, 구조대를 보내지도 못하고 이러지도 저러지도 못하고 있다가 마스터에 대한 정보를 구한 거지."

"그렇군요. 하지만 지금은 안 계시니 어찌합니까? 주군과 연락할 방법도 없는데……."

"어쩔 수 없지. 마르코에게 힘들겠지만 조금 기다리라고 할 수밖에."

"언제 오실지도 모르는데⋯⋯."

"잘 말해 봐야지. 이만 가 보겠네. 빨리 가서 달래 봐야 지."

"알겠습니다. 주군께서 오시면 곧바로 연락을 드리겠습니 다."

"알겠네."

수십억 년 동안 한 곳을 지키며 지구에 생명의 에너지를 보내 주고 있는 거대한 태양.

그 안에 영웅이 눈을 감은 채 무림 세상에서 배운 운기법 으로 태양의 기운을 흡수하며 명상을 하고 있었다.

지금 영웅이 흡수하는 기운은 무림 세상에서 말하는 영약 과는 비교가 되질 않는 양의 기운이었다.

무림 세상의 영약들도 그 기운의 원천은 태양이었다.

태양의 에너지를 살짝만 머금었을 뿐인데도 엄청난 기운 을 간직하고 있는데, 영웅은 아예 그 태양 안에서 태양 자체 의 기운을 흡수하고 있었다.

어찌나 빠른 속도로 흡수를 하는지 영웅의 몸속에는 말도 안 되는 내공이 축적되고 있었고, 그와 더불어 심장에는 엄청난 양의 마나가 축적되고 있었다.

내공은 수치가 무의미했고 마나는 서클의 존재가 무의미했다.

쩌적—!

그 순간 영웅의 몸이 조금씩 갈라지기 시작했다.

그 어떤 것으로도 파괴가 안 되는 몸에서 균열이 조금씩 일어나더니 이내 몸 전체로 퍼졌다.

마치 얼음이 깨지는 것처럼 몸이 갈라지기 시작한 것이다.

쩌저적—!

갈라지는 속도가 빨라지고 이내 몸의 피부가 전부 먼지로 변해 버렸다.

뿌드득— 우득— 우드득—!

그리고 뼈들이 부서졌다가 다시 생성됐다가를 반복하기 시작했다.

영웅의 몸 전체가 태양의 기운을 받으면서 재생성되었다가 분해되었다가를 반복하고 있었다.

지금 영웅의 몸은 완전히 다른 신체로 재탄생하고 있는 것이다.

원래 가진 몸은 인간의 몸이 강화된 형태였다면 지금은 세포 하나하나, 혈관 하나하나가 전부 새로이 만들어지고 있었다.

그냥 인간의 몸일 때도 말도 안 되는 신체를 자랑했는데 진화된 영웅의 신체는 얼마나 강할까.

자신의 신체 변화를 느낀 영웅의 입에서 목소리가 흘러나왔다.

"기분 좋군."

담담히 중얼거리며 천천히 눈을 뜨는 영웅.

몸이 진화하면서 그의 초신안 역시 진화했다.

이제 그의 눈엔 모든 삼라만상의 흐름이 보였고, 눈빛만으로도 그 흐름을 조종할 수 있는 경지가 되었다.

영웅의 눈길을 따라 태양 표면의 불길들이 춤을 추기 시작했다.

그러다가 이내 영웅의 몸으로 흡수되었고 다시 나오기를 반복했다.

"하아. 이렇게 기분 좋은 줄 알았다면 진작에 수련을 좀 할 걸 그랬군."

미소를 지은 영웅은 자신의 알몸을 이리저리 둘러보며 중얼거렸다.

재탄생한 몸은 그야말로 조각과 같았다.

정성을 다해 만든 하나의 조각상처럼 몸의 근육들이 오밀조밀하고 균형 있게 잡혀 있었다.

"나는 얼마나 강해졌을까? 아직 멀었겠지?"

자신이 느끼기에도 지금 자신이 가진 힘의 크기는 가늠이 되지 않을 정도였다.

하지만 심적으로 느끼기엔 그다지 강해지지 않은 것 같았다.

우주 최강이라 생각하고 지내 왔다가 그게 아니었다는 사실에 충격을 좀 많이 받은 모양이었다.

"하긴, 한 달 정도로 강해지면 얼마나 강해졌겠어. 뭐, 천부인을 찾으면 그들보다 더 강해진다고 했으니……. 일단 수련은 여기까지 하기로 하고 그것을 찾으러 떠나 볼까. 연준혁이 나 없는 동안 웜홀을 많이 찾아 놨어야 할 텐데."

영웅은 지구를 향해 고개를 돌리고 미소를 지었다.

따뜻한 집밥과 사람들이 보고 싶었다.

그런 생각을 하는 동시에 그의 몸은 태양에서 사라졌다.

***

"주인!"

"주인님!"

"주군!"

아더와 킬라쉬, 그리고 연준혁이 돌아온 영웅을 보자마자 감격한 표정으로 그에게 달려가 안겼다.

영웅은 그런 그들의 등을 토닥이며 말했다.

"나 없는 동안 지구 잘 지켰지?"

"그럼요. 주인 없는 동안 아주 잘 지켰습니다! 그런데 주인, 분위기가 많이 바뀐 것 같습니다."

"그러냐? 나는 별로 못 느끼겠던데."

영웅이 고개를 갸우뚱하며 말하자 연준혁이 고개를 저으며 답했다.

"아닙니다. 피부도 전보다 훨씬 하얗고 광이 나는 데다가 무언가 몸에서 풍기는 기운도 전과는 다릅니다."

"그래? 어떤데?"

"뭐랄까? 전과는 달리 안정된 느낌? 전에는 뭔가 거칠고 다듬어지지 않은 느낌이었다면 지금은 잔잔한 호수 같고 정돈된 느낌이랄까요? 제가 느끼기엔 그렇습니다."

"흠, 뭐 나쁘진 않네. 그렇게 막 강해지진 않았지만 뭐 그 정도만 돼도 괜찮지."

영웅의 말에 아더가 질린 표정으로 대꾸했다.

"솔직히 거기서 더 강해지는 것은 사기라고 생각합니다. 뭐든 적당한 것이 좋습니다. 아니, 도대체 왜 강해지려고 하시는 겁니까? 뭔가 이유가 있습니까?"

"나중에 때가 되면 알려 주지. 내가 왜 이러는지."

"네? 정말로 이유가 있었습니까?"

영웅은 고개를 끄덕이며 말했다.

"응, 나중에 때가 되면 알려 줄게. 지금은 아니야."

아더를 포함해 그곳에 있는 이들은 궁금했지만, 나중에 알려 주겠다는 말에 꾹 참고 고개를 끄덕였다.

영웅이 절대로 자신들에게 해가 되는 일을 할 위인이 아니라는 믿음이 있기에 가능한 것이다.

"아! 주군이 안 계시는 동안 주군을 찾는 사람이 있었습니다."

"나를? 왜? 혹시 화이트 웜홀 건인가?"

"맞습니다. 주군께서 요청하신 화이트 웜홀 역시 요원들을 전 세계에 파견해서 찾는 중이고, 유럽 협회와 중국 협회에도 요청을 해 놓은 상태입니다."

"고생했어."

"그런데 갑자기 왜 화이트 웜홀을 이렇게 찾으시는 겁니까?"

"응, 뭘 좀 찾아야 해서 말이지."

"뭘요?"

연준혁의 물음에 영웅은 잠시 고민하더니 4차원 공간에서 천뢰신검을 꺼냈다.

"이놈과 한 세트인 나머지 두 개의 신물을 찾기 위해서. 세트라는 걸 알았으니 찾아봐야지. 안 그래?"

영웅의 말에 연준혁이 속으로 생각했다.

'천부인이라고 했던가? 저것이 마음에 드신 모양이구나. 후후, 주군께서 저렇게 적극적으로 원하시는 모습은 처음

이군.'

연준혁은 그런 모습을 인간적이라 생각하며 고개를 끄덕였다.

"알겠습니다. 최선을 다해 돕겠습니다. 한데, 그 검도 우연히 얻으셨다고 했는데 진짜로 찾으려면 뭔가 방법을 알아야 하지 않을까요? 예를 들면 그것들이 내뿜는 기운을 감지하는 장치라든가……."

연준혁은 말을 하다가 영웅을 바라보았다.

영웅은 자신만만한 표정이었다.

"뭔가 방법이 있으십니까? 표정을 보니 그런 것으로 보이십니다."

"내가 이런 기운은 기가 막히게 찾거든. 뭐 지하 깊숙한 곳에 있다면 신경을 집중해야겠지만. 어찌 되었든 찾아보는 건 금방 할 수 있어."

영웅의 말에 아더가 연준혁을 타박했다.

"너는 주인을 못 믿는 거냐? 어? 우리 주인은 전지전능하시다!"

"아니, 그 정도까진 아니고……."

전지전능하다는 말에 영웅이 옆에서 정정하고 나섰다.

"아닙니다! 주인! 제가 볼 때 주인께서는 못 하는 것이 없습니다! 그러니 전지전능 맞으십니다!"

"저도 그렇게 생각합니다!"

킬라쉬까지 동조하고 나섰다.

연준혁 역시 자기 생각이 짧았다며 사과하고 있었다.

이런 쓸데없는 이야기로 시간을 끌기 싫었던 영웅은 그냥 너희 맘대로 하라며 손을 내저었다.

그리고 연준혁에게 말했다.

"그럼 일단 미국 건부터 처리해 볼까?"

"알겠습니다. 곧바로 연락하겠습니다."

미국의 레전드급 각성자인 마르코는 영웅이 돌아왔다는 소식에 한국 각성자 협회 건물로 서둘러 달려왔다.

"어디에 있습니까?"

마르코는 들어오자마자 영웅부터 찾았다.

그 모습이 간절해 보였다.

"안내하기 전에 몇 가지 당부 말씀을 드리겠습니다."

"무언가요? 말만 하십시오. 뭐든 하겠습니다."

"그분은 제가 모시는 분입니다. 그러니 부디 정중하고 예의 있게 대해 주십시오."

"왓? 미, 미스터 연에게 주군이라니요?"

"리차드 님께서 그 이야기는 안 하셨습니까?"

"헉! 서, 설마 리차드가 말하던 마스터의 뜻이……. 웜홀

마스터가 아니었습니까?"

마르코의 말에 연준혁이 고개를 끄덕이며 말했다.

"리차드 님도 그분을 모시고 있습니다."

"맙소사!"

마르코는 믿기지 않는 표정으로 연준혁을 바라보았다.

리차드가 마스터 마스터 하길래 그저 웜홀을 자유롭게 돌아다니는 자에게 붙여 주는 호칭 같은 것으로 생각했다.

레전드 등급이 모시는 주군일 것이라고는 상상도 하지 않았다.

마르코는 침을 꿀꺽 삼켰다.

조카를 구하기 위해 이곳에 왔는데 그보다 더 엄청난 사실을 알게 된 기분이었다.

그렇게 멍한 얼굴로 연준혁을 바라보고 있는데, 연준혁의 얼굴 뒤로 저 멀리 어디선가 많이 보았던 실루엣이 이곳을 향해 빠른 속도로 달려오고 있었다.

"남궁……성?"

마르코의 중얼거림에 연준혁이 고개를 돌렸다.

"어? 남궁성 협회장님! 안녕하십니까!"

연준혁의 외침에 마르코는 자신이 잘못 본 것이 아님을 깨달았다.

"하하하! 그래, 잘 지냈는가."

"덕분에 잘 지내고 있습니다. 그런데 여기는 어쩐 일이십니까?"

"하하하, 찾았네!"

"정말입니까? 좋은 소식이긴 한데, 그런 소식은 그냥 전화로 연락하시지 이 먼 곳까지 직접 발걸음을…….."

"이 사람아! 이런 핑계로 겸사겸사해서 오는 거지. 이런 일이 아니면 내가 여기에 올 수가 있는가!"

"하하, 알겠습니다."

남궁성은 연준혁과 대화를 끝내고 마르코를 바라보며 말했다.

"그나저나 자네는 여기 웬일인가?"

"그건 내가 묻고 싶은 말이네. 보아하니 이제 친하게 지내는 모양이군. 그전에는 아주 못 잡아먹어서 안달이더니."

마르코의 말에 남궁성이 눈을 허공으로 돌리고 헛기침을 하며 얼버무렸다.

"흠! 흠! 그 사람 참……. 내, 내가 또 언제 연 협회장을 잡아먹으려 했단 말인가. 자네가 잘 몰라서 그렇지, 우리 사이 좋네. 안 그런가?"

남궁성이 자신을 바라보며 도와달라는 표정으로 묻자 연준혁이 호탕하게 웃으며 말했다.

"하하하! 맞습니다. 그 일은 이미 오래전에 풀고 지금은 한 식구처럼 지내고 있습니다."

"들었지? 흠! 흠! 내가 잠시 오해를 해서 그런 일이 있었지만, 지금은 다 풀고 이렇게 잘 지내고 있네. 그러니 괜한 오해는 금물일세. 그러는 자네는 여기 어쩐 일인가? 이곳까지 온 것을 보니……. 그 소문이 사실인가 보군. 자네 조카가 화이트 웜홀에 말도 없이 들어갔다는……."

"하아……. 맞네. 리차드가 이곳에 가면 방법이 있다고 해서 이리 달려왔네. 이곳에 마스터가 있다고 하더군. 그런데……. 자네도 알았나? 그 마스터가 바로 주군을 뜻한다는 것을? 리차드에게 모시는 분이 있다는 사실을 말이야."

"아! 리차드의 마스터! 잘 알지! 아주 잘 알고말고!"

"오! 자네도 아는가? 어떤 분이신가?"

"신일세!"

"뭐?"

"그분은 신이라고. 인간의 잣대로 생각하면 안 되네."

"그게 무슨 소린가? 자네 미쳤나?"

"아니, 나는 미치지 않았네. 온전한 정신으로 말하는 거네."

"그…… 무슨……."

마르코가 말도 되지 않는 이야기라고 반박하려는 찰나, 뒤에서 목소리가 들려왔다.

"나, 신 아닌데……. 평범한 인간인데……."

마르코는 들려오는 목소리에 고개를 돌렸다.

그곳에는 평범해 보이는 청년이 뒷짐을 진 채 바라보고 있었다.

"누구……?"

마르코의 말이 끝나기도 전에 고막이 찌릿찌릿할 정도의 목소리가 그곳에 울려 퍼졌다.

"주군! 신! 남궁성! 주군을 뵈옵니다!"

마르코는 큰 소리 때문에 놀란 것이 아니라 남궁성이 외친 의미 때문에 놀라 입을 벌렸다.

"뭐? 뭐라고?"

"인사드려라. 나의 주군이신 강 영 자 웅 자 되신다!"

"자네……도?"

마르코의 눈이 찢어질 정도로 크게 커진 상태로 남궁성을 바라보며 떨리는 목소리로 물었다.

"저를 찾아오신 분인가요?"

그 소리에 마르코는 눈에 보이지도 않을 속도로 몸을 돌려 고개를 숙였다.

"처, 처음 뵙겠습니다. 미, 미국 각성자 연합 소속 레전드 등급 마르코라고 합니다."

"반갑습니다. 저는 강영웅이라고 합니다. 보시다시피 평범한 일반인이고요."

"네? 가, 각성자가 아니십니까?"

"아, 얼마 전에 C급으로 각성을 하긴 했었는데……. 모종의 사고로 인해 다시 일반인이 되었네요."

"C……급?"

마르코는 천천히 고개를 돌려 남궁성을 바라보았다.

그의 눈에 비친 남궁성은 콧김을 내뿜으며 흥분한 목소리로 말하고 있었다.

"가, 각성하셨었습니까? 그런 기쁜 소식을 저에게는 말도 안 해 주시다니요! 섭섭합니다! 주군!"

"아, 지금은 아니라니까. 그리고 겨우 C급이었는데 뭘 자랑하고 말고를 해."

"등급이 뭐가 중요합니까! 주군께서 각성하셨다는 것이 중요하지요! 주군과 함께 웜홀 속에서 사냥을 할 수 있는 기회였는데!"

"뭐 나중에 또 각성할 기회가 오겠지."

"그때는 꼭 알려 주십시오! 소신이 한걸음에 달려오겠습니다!"

"알았어."

둘의 대화에 마르코는 정신을 차릴 수가 없었다.

대화 내용을 들어 보면 지금 자기 눈앞에 있는 영웅이라는 인간은 평범한 일반인이 맞았다.

심지어 각성자였을 때도 등급이 C급이었다. C급은 말이 각성자지, 그냥 조금 강한 일반인으로 취급되는 등급이었다.

마르코가 충격을 받은 이유는 그런 인간에게 다른 이도 아닌 남궁성이 주군으로 모시고 있다는 것이었다.

남궁성이 누구인가.

저기 서 있는 같은 레전드급인 연준혁도 인정하지 않던 양반이었다.

그런데 C급? 아니 일반인을 주군으로 모신다?

상식적으로 이해가 가질 않는 광경이었다.

"주군! 이 친구가 저랑 좀 친한 놈입니다. 그런데 이놈 조카가 글쎄 화이트 웜홀 무서운 것도 모르고 그냥 홀라당 들어가 버렸다지 뭡니까! 보아하니 리차드가 주군에 대해 이야기를 한 모양입니다. 그놈은 자기가 직접 와서 설명해야지 사람만 보내서 주군을 당황하게 만들어!"

남궁성의 말에 연준혁이 옆에서 오해를 풀어 주었다.

"아, 아닙니다. 리차드 님께서 제게 부탁하셨습니다. 잘 소개해 달라고요. 근데 그때 주군께서 수련하러 가시는 바람에……."

"아! 맞다! 주군께서 수련하러 가셨다고 했지. 깜박했네. 주군! 수련은 잘되셨습니까?"

남궁성은 영웅이 수련을 하러 갔다는 소식을 깜박했다는 표정으로 자신의 이마를 툭 치며 영웅에게 성과가 있었냐고 물었다.

그에 영웅은 미소를 지으며 고개를 끄덕였다.

"작은 성과가 있었다."

"우와! 경하드립니다! 주군!"

"뭘 경하까지야⋯⋯."

"아닙니다! 주군의 능력은 이미 하늘에 닿아 있는데 거기에 성과까지 계셨다면, 도대체 얼마나 강해졌을지 소신은 짐작조차 되지 않습니다. 전에는 소신이 주군의 발톱 정도였다면 이제 주군 발톱의 때만큼도 안 될 것 같습니다."

남궁성이 흥분한 목소리로 연신 말하자, 그 옆에서 그 말을 듣고 있던 마르코는 어이가 없는 표정을 지었다.

결국, 듣다 듣다 폭발해 버린 마르코가 한 소리를 하고 말았다.

"그만하게! 지금 자네 나를 놀리는 건가? 지금 이 모든 것이 나를 놀리기 위해 만든 한 편의 연극인 건가? 장난도 적당히 해야지! 일반인에 한때 C급이었던 인간이 지금 자네 주군이라고? 리차드의 마스터고 여기 연 협회장의 주군이라고? 자네들 전부 미쳤나? 어? 장난 그만하고 이제 알았으니 어서 자네들의 진짜 주군에게 나를 안내하게!"

마르코는 자신이 이렇게 강하게 나가면 이제 장난을 그만두고 진짜 그들의 주군을 소개할 줄 알았다.

아무리 살펴보고 또 살펴봐도 지금 눈앞에 있는 영웅에게선 그 어떤 힘도 느껴지지 않았다.

그냥 보통 평범한 사람에게서 느껴지는 기운, 딱 그것이었다.

그런데 연준혁과 남궁성의 몸에서 거대한 기운이 솟구쳐

오르더니 그들의 옷이 펄럭거리기 시작했다.

둘은 당장이라도 마르코를 죽일 기세로 그를 바라보며 나직하게 말했다.

"뭐? 진짜 주군? 진짜 주군이라고 했나? 내가 지금까지 한 행동을 보고도 그런 소릴 한단 말이지."

"주군께 이 무슨 불경입니까! 당장 사과하시오. 그러지 않으면 용서치 않을 것이오!"

이들의 반응에 마르코는 당황했다.

자신이 생각하던 반응은 이것이 아니었다.

웃으며 장난이 심했다고 하면서, 자신을 진짜 그들이 모시는 주군에게 데려가리라 생각했다.

그런데 이런 반응이라니, 자신이 크게 착각했음을 깨달았다.

"아, 아니 새, 생각해 보게. 자네라면 믿겠는가?"

"믿든 안 믿든 지금 내가 주군이 아닌 다른 자에게 이렇게 행동할 것이라고 생각하는 것인가? 나! 남궁성이야! 천하의 남궁성을 도대체 뭐로 보고 지금 그런 말을 하는 것인가!"

"저 역시 남궁성 님과 같은 생각입니다! 한국 협회를 도대체 얼마나 우습게 아셨길래 이런 오만무도한 행동을 하시는 것입니까!"

둘이 힘을 합세해서 마르코를 압박하자 마르코는 자신도 모르게 뒷걸음질을 치기 시작했다.

자신이 레전드이기는 하나 앞의 둘 역시 레전드였다.

둘의 기세는 혼자의 힘으로는 감당하기에 너무도 버거워, 뒤로 물러선 것이었다.

뒤로 물러서면서 이들을 진정시키려 애쓰는 마르코였다.

"그만!"

그 순간 그들의 뒤에서 이것을 지켜보던 영웅이 나직하지만 강렬하게 울리는 목소리로 말했다.

그러자 흥분해서 어떤 말도 들을 것 같지 않던 두 사람이 동시에 기운을 가라앉히고 조용히 물러서는 것이 아닌가.

"무례한 건 너희지. 손님이잖아, 손님."

"죄송합니다, 주군."

둘은 고개를 푹 숙이고 영웅에게 사과했다.

"사과는 내가 아니라 저분에게 해야지."

말이 끝나기가 무섭게 몸을 돌려 사과를 하는 둘이었다.

"미안하네. 내가 흥분했네."

"죄송합니다. 저 역시 흥분을 과하게 한 것 같습니다. 용서하십시오."

갑작스러운 둘의 모습에 마르코가 당황하며 손을 내저었다.

"아, 아니. 아니요. 내, 내가 미안하오. 오, 오해를 한 점 진심으로 사죄드립니다."

마르코는 영웅에게 동양식으로 정중히 고개를 숙여 사과

했다.

"괜찮습니다. 자주 겪는 일이라 그러려니 합니다. 자, 여기서 이럴 것이 아니라 들어가시죠."

"가, 감사합니다."

마르코는 정신이 없는 상태로 영웅에게 이끌려 연준혁의 방으로 따라 들어갔다.

그러면서 생각했다.

'아까 남궁성 그 친구의 반응은 진심이었어. 어찌? 도대체 이게 무슨 일이지? 뭐가 어찌 돌아가는 거지? 내가 지금 꿈을 꾸는 것인가? 제발⋯⋯. 누가 좀 알려 줘!'

마르코에게 자세한 이야기를 들은 영웅은 묻지도 따지지도 않고 돕겠다고 나섰다.

그 모습에 마르코는 감동하며 감사 인사를 했다.

영웅은 자신도 목적이 있기에 허락한 것인데 상대가 너무도 고마워하니 조금 미안해졌다.

'아니지, 서로 상호 이익인가? 그래! 확실하게 구해서 나오면 되지.'

곧바로 마르코가 마련한 전세기에 몸을 싣고 미국으로 이동했고 화이트 웜홀이 있는 네바다주에 도착했다.

끝도 없는 벌판에 설치된 거대한 돔. 그 안은 미로처럼 복잡하게 만들어져 있었다.

마르코가 친절하게 설명해 주었다.

"이곳은 그룸 레이크입니다. 미국의 모든 기밀이 담겨 있는 장소이기도 합니다. 세간에서는 51구역이라 불리는 지역이지요."

"아! 들어 봤네요. 51구역, 여기가 그곳이군요."

"네! 바로 그곳입니다. 자, 이쪽으로."

마르코는 복잡한 통로를 따라 열심히 영웅을 안내했다.

남궁성과 연준혁이 따라오겠다고 했지만, 영웅은 혼자 가겠다고 말하고는 이곳으로 온 것이다.

물론 그의 4차원 공간 속에 아더와 킬라쉬가 들어가 있는 상태였다.

이들을 데리고 가는 이유는 단지 혼자 가면 심심해서였다.

한편, 마르코는 계속 고민하고 있었다.

한 명도 아니고 무려 네 명의 레전드급 각성자를 수하로 둔 남자.

호기심이 샘솟고 있었다.

'정말로 강한가? 아니면 인품? 그것도 아니면 뭔가 매력이 있는 건가?'

궁금했다. 하지만 대놓고 그것을 보여 달라고 할 수가 없었다.

괜히 그랬다가 이자가 기분이라도 상해서 돌아간다고 하면, 자신의 조카는 물론이고 미국은 네 명의 레전드들의 분노를 고스란히 받을 것이다.

"아무래도 저에 대해 궁금한 점이 많으신 것 같군요."

"네? 하하. 그, 그게 저도 모르게……. 기분이 상하셨다면 죄송합니다."

"하하, 아닙니다. 이것도 많이 겪었던 일이라서요. 리차드도 남궁성도 연준혁과 독고영재까지 모두 그랬습니다."

"저, 정말입니까? 그들도 저처럼 영웅 님의 힘을 궁금해했습니까?"

마르코의 물음에 영웅이 웃으며 고개를 끄덕였다.

"그, 그럼 실례가 안 된다면 저도 견식할 수 있겠습니까? 이렇게 부탁드리겠습니다!"

마르코는 동양식으로 고개를 숙이며 간절하게 부탁했다.

"알겠습니다. 그게 뭐 어려운 일이라고요."

"가, 감사합니다! 그, 그럼 일단 제 수련장으로 안내해 드리겠습니다!"

"그렇게 하시죠."

영웅의 허락에 정말로 받고 싶었던 선물을 받은 어린아이의 모습으로 환하게 웃는 마르코.

그는 딱 보기에도 가벼운 발걸음으로 영웅을 안내했다.

그런 마르코를 보며 영웅은 미소를 지으며 따라갔다.

마르코의 개인 수련장에 도착한 영웅은 두리번거리며 그 곳을 구경했다.

그 모습에 마르코가 쑥스러운 표정을 지으며 말했다.

"너무 그렇게 자세히 보진 마십시오. 수련 용도라 인테리어 같은 건 하나도 하지 않아 볼 건 없습니다."

"저건 뭔가요?"

영웅은 한쪽에 당당하게 자리 잡고 있는 특이하게 생긴 기계를 가리키며 물었다.

"아! 저건 기의 파동을 상쇄시켜 주는 기계입니다. 현재 미국에서 연구 중인 각성자를 상대하기 위한 비밀 무기지요. 저 기계 덕에 제가 원 없이 힘을 사용해도 이곳은 파괴되지 않습니다."

"레전드의 힘을 상쇄할 정도면 거의 완성 단계겠군요."

"그렇습니다. 아차! 이거 발설하면 안 되는 내용인데……."

마르코는 신나서 자랑하다가 자신도 모르게 말해서는 안 될 사항까지 말해 버렸다.

정말로 놀란 얼굴로 입을 가린 채 바라보는 마르코에게 영웅은 미소를 지으며 말했다.

"안심해도 됩니다. 어디 가서 말하지 않을 테니."

"저, 정말로 비밀을 지켜 주셔야 합니다."

"알겠습니다. 자, 그럼 시작할까요?"

"네? 몸을 풀지 않고 바로 시작해도 되겠습니까?"

"물론입니다. 마르코 씨는 준비가 필요하시면 기다리겠습니다."

"아닙니다! 저도 당장 싸울 수 있습니다. 언제 어디서든 적을 만나 싸운다는 가정하에 움직이기 때문에 항상 최상의 컨디션을 유지하고 있습니다."

"좋군요. 그럼 정말로 시작해 볼까요?"

"네!"

마르코가 크게 심호흡을 하더니 이내 강렬한 눈빛을 보이며 집중하기 시작했다.

그에 영웅 역시 뒷짐을 풀고는 마르코를 바라보았다.

한편, 긴장감이 흐르는 이곳의 상황을 지켜보는 이들이 있었다.

그들의 정체는 이곳 그룹 레이크를 총관리 감독하는 자들이었다.

"흠, 이보게, 빌리. 저자는 누구지? 누군데 마르코가 데려온 건가?"

"네! 소장님! 화이트 웜홀에 관해 세계 최고의 전문가라고 합니다."

"그럼 화이트 웜홀에 데려가면 되지 왜 자신의 수련장으로 간 거지?"

"자신의 수련장을 자랑하고 싶었나 보죠."

"아니야. 그건 자네가 마르코에 대해 잘 모르기에 하는 소리다. 절대로 자신의 것을 자랑하는 인간이 아니야. 저건 필시 대련을 하기 위해 데려간 것이다."

"그렇습니까? 웜홀을 조사하기 전에 단단히 교육하려는 모양입니다. 이곳에 대한 정보가 세상에 알려지면 어찌 되는지 몸소 체험을 시키려는 것이겠죠?"

"그것도 아니네. 마르코의 표정은 진지해."

["아! 저건 기의 파동을 상쇄시켜 주는 기계입니다. 현재 미국에서 연구 중인 각성자를 상대하기 위한 비밀 무기지요."]

"헉! 마르코 씨가 저희가 연구 중인 특급 기밀을 저자에게 말해 주고 있습니다!"

"나도 듣고 있어! 조용히 좀 해!"

["아차! 이거 발설하면 안 되는 내용인데⋯⋯."]

"자신도 모르게 나왔나 보군. 뭐지? 마르코가 저렇게 흥분하는 모습은 처음 보는데? 리차드나 남궁성을 만났을 때도 저렇게 흥분하지 않았어."

"그게 무슨 말씀입니까?"

"마르코는 항상 강자에 대한 열망이 있는 남자다. 자신과 비슷한 경지에 있는 자에게는 큰 관심을 두지 않지. 마르코가 저렇게 관심을 가지고 흥분하는 경우는 하나뿐이야."

"설마? 레전드 등급보다 강한 자가 있을 리가요."

"그걸 어찌 장담하나. 두고 보면 알겠지. 마르코가 왜 저리 흥분하는지."

"정말로 마르코보다 더 강한 자라면 어찌해야 합니까?"

"무슨 수를 써서라도 우리 편으로 만들든가……. 아니면……. 무슨 수를 써서라도 없애야겠지."

"그게 가능하겠습니까?"

"가능하지. 비슈누의 원반을 아는가?"

"당연히 알고 있지요. 각성자들을 일반인으로 만든다는 아이템 아닙니까?"

"그 원반을 집중적으로 연구했다네. 그 연구의 결과가 얼마 전에 나왔다더군."

소장의 말에 빌리는 침을 꿀꺽 삼키며 물었다.

"겨, 결과가 어떻습니까?"

"발견했네. 그 이유를……. 이제 더는 저 각성자 놈들이 우리 일반인들을 우습게 보지 못하는 세상이 올 걸세."

쿠쿵-!

그 순간 건물 전체가 진동하며 울리기 시작했다.

"이런, 떠드는 사이 시작했군. 잘 보게. 각성자들의 싸움이 어떤지. 왜 우리가 이렇게 기를 쓰고 저들을 견제할 무기를 만드는지 말이야."

"네!"

쿠쿠쿵–! 우르르릉–!

거대한 지진이 일어난 것처럼 흔들림이 심해졌다.

"대단하군. 진동 제어 장치에 각성자들이 내는 파워를 흡수하는 장비가 갖춰져 있음에도 이 정도로 흔들리다니."

"이것이 각성자들의 싸움······."

"굉장하지? 저들은 어지간한 국가의 전체 군사력과 맞먹는 힘을 지녔지. 괜히 레전드 등급이 있는 국가가 세계를 좌지우지하는 강대국이 되는 것이 아니지."

"네! 엄청나군요. 미국의 모든 과학력을 총동원한 이곳을 저리 만들 정도라니."

"맞아. 이곳은 핵폭탄을 연달아 터트려도 다른 곳에서 눈치채지 못하도록 진동을 억제하게끔 만들어진 특수한 장소지. 그런 곳이 지금 이렇게 흔들리고 있네. 지금 마르코가 하는 공격 하나하나가 핵으로 공격하는 것과 맞먹는다는 소리야."

소장의 말에 빌리가 놀란 얼굴로 둘의 모습을 바라보았다.

"맙소사. 이, 인간이 정말로 그런 힘을 낸단 말입니까?"

"그러니 다들 두려워하는 것이지. 저런 사람들이 어느 순간 미쳐서 도시를 공격하고 시민들을 공격한다고 가정해 보게. 막을 수 있겠는가?"

"아니요."

"그게 문제라는 것이지. 각성자들이 언제까지 일반인들과 지금처럼 사이좋게 지낼지 모른다는 것 말이네. 저들이 마음만 먹는다면 우리 같은 일반인은 언제든 노예가 될 수 있네."

소장의 말을 계속 경청하며 각성자들의 전투를 지켜보던 빌리가 심각한 표정으로 잠시 있더니 주먹을 꽉 쥐고는 입을 열었다.

"소장님! 저는 이만 가 보겠습니다. 어서 가서 연구 중인 기술들을 완성해야 할 것 같습니다."

빌리는 결연한 표정으로 소장을 바라보았다.

"그래, 고생하시게."

빌리가 나가고 홀로 남은 소장은 특수하게 제작된 창을 통해 둘의 전투를 계속 지켜보았다.

"이렇게 말해 두었으니 연구에 더 박차를 가하겠지. 어서 가서 동료들에게도 이야기를 하려무나."

우연히 보게 된 각성자들의 전투가 나태해져 가는 수석 연구원을 자극했으니, 크게 이득을 보았다고 생각하는 소장이었다.

"각성자 놈들. 네놈들이 세상을 쥐락펴락하는 꼴은 두고 볼 수 없지."

소장은 느긋한 마음으로 둘의 전투를 지켜보았다.

한편, 혼신의 힘을 다해 영웅을 공격 중인 마르코는 속으로 경악하고 있었다.

'말도 안 돼. 부, 분명히 일반인이라고 했는데 나의 공격을 전부 막아 낸다고? 전력을 다한 내 공격을?'

처음부터 전력을 다해 공격한 것은 아니다.

처음에는 영웅의 움직임과 힘을 파악하기 위해 무투(武鬪)를 이용해 공격했다.

그런데 웬걸, 너무도 가볍게 자신의 공격을 막아 내는 것이 아닌가.

마르코는 점점 힘을 줘 가며 공격의 강도를 올렸다. 하지만 영웅은 그것을 대수롭지 않은 표정으로 태연하게 받아넘겼다.

나중에는 이곳이 흔들거릴 정도의, 충격파가 터져 나올 정도의 위력으로 공격을 했음에도 영웅은 여전히 태연했다.

그것을 본 마르코는 자신의 전력을 다해야겠다고 마음먹었고 지금 이렇게 할 수 있는 모든 공격을 전부 쏟아붓는 중이었다.

마르코가 영웅에게 하는 공격은 소장의 말처럼 하나하나가 핵폭탄급 위력을 지닌 공격들이었다.

그 공격을 받은 영웅이 그제야 미소를 지으며 말했다.

"이제야 좀 해볼 만하네."

'해볼 만하다고? 호, 혼신을 힘을 다했는데 겨우…… 해볼 만하다고?'

그 순간 마르코의 공격이 멈춰 버렸다.

영웅의 말에 너무 큰 충격을 받은 것이다.

마르코는 왜 공격을 멈췄냐는 표정으로 자신을 태연하게 바라보는 영웅을 보았다.

그의 몸에는 그 어떤 상처도 없었다.

심지어 그가 입은 옷조차 멀쩡했다.

반면에 자신의 옷은 공격의 충격파로 인해 걸레가 된 지 오래였다.

'완벽하게 방어했다. 저게 가능한가? 배리어를 사용한 것도 아니고……. 손짓만으로 내 공격을 완벽하게 방어하는 것이 가능해?'

그랬다.

마르코가 이렇게 놀라는 이유는 공격 내내 보여 줬던 영웅의 모습 때문이었다.

영웅은 자신이 어떻게 공격을 하든 한 손만으로 이리저리 움직이며 공격을 모조리 다 상쇄해 버렸다.

분명히 방어함과 동시에 충격파가 느껴지는데 그 충격파는 고스란히 자신만 맞고 있었다.

'설마 충격파마저 흘려보내고 있는 것인가? 아니다! 그게 가능할 리가 없다!'

마르코는 머릿속이 뒤죽박죽인 상태가 되어 멍하니 서 있었다. 그걸 본 영웅이 고개를 갸우뚱거리며 물었다.

"무언가 문제라도?"

영웅의 물음에 마르코가 정신을 차리고 다시 그를 똑바로 바라보았다.

"저, 정말로 대단하십니다. 저, 저는 사실 남궁성 그자의 말을 전부 믿지 않았는데……. 이, 이렇게 대단하신 분일 줄이야……."

"아, 뭐. 쑥스럽네요."

"저는 지금 확신이 들었습니다! 당신이라면 제 조카를 저 화이트 웜홀에서 구해 줄 것이라는 확신 말입니다."

"최선을 다할 뿐입니다."

그 모습을 창 너머에서 보던 소장은 굳은 표정으로 영웅을 바라보았다.

'저 마르코가 이기지 못하는 존재라니……. 저자는 도대체 정체가 무엇이냐.'

침을 꿀꺽 삼키고 영웅을 지켜보고 있는데, 갑자기 그가 고개를 돌려 자신을 바라보는 것이 아닌가.

'헉! 설마? 내가 보이는 건가? 그럴 리가 없다! 저곳에선 내가 있는 이곳이 보이지 않아!'

자신들이 할 수 있는 모든 기술력을 동원해 만든 특수 유리였다.

그런데 영웅이 정확하게 자신을 가리키며 말하는 것이 아닌가.

"저자는 누굽니까?"

영웅이 가리키는 방향을 바라보며 고개를 갸우뚱하는 마르코였다.

"네? 저긴 그냥 벽인데요?"

"음, 아닙니다. 제가 헛것을 본 모양입니다."

"하하, 아닙니다. 충격파로 인해 일어난 먼지를 착각하신 모양입니다."

"그런가요? 이제 제 실력을 확인했으니 안내해 주시겠습니까? 제가 시간을 끄는 것을 그다지 좋아하지 않아서요."

"네! 알겠습니다. 가시죠. 준비하는 동안 쉬실 곳을 마련해 드리겠습니다."

"고맙습니다."

고개를 꾸벅이고는 다시 한번 소장이 있는 방향을 바라보다 알 수 없는 미소를 지어 보이고선 몸을 돌려 나가는 영웅이었다.

창 너머에서 그 모습을 지켜보던 소장은 온몸에 식은땀이 흐르는 것도 모른 채 연신 침을 꿀꺽 삼키고 있었다.

그렇게 한참을 있다가 숨을 몰아쉬었다.

"푸하! 헉헉헉! 뭐, 뭐냐. 이, 이 느낌은? 부, 분명히 나, 나를 정확하게 주시했어……. 나와 눈이 마주쳤다고……. 레전드급 각성자도 못 보는 이곳을……. 어떻게?"

흔들리는 동공으로 연신 그 이유를 생각하려 노력했지만 허사였다.

"그, 그 눈빛……. 포, 포식자의 눈빛이었어. 위험한 자다. 지, 진짜로 위험한 것은 각성자들이 아니야. 따로 있었어."

소장은 연신 떨리는 손을 감싸 쥐고는 한참을 웅크린 채 진정하려 애썼다.

그리고 이를 악물고는 다짐했다.

"레전드 등급 위에 갓 등급. 저자를 갓 등급이라 칭하고 저자를 경계할 모든 방법을 연구하겠다."

그렇게 중얼거리고는 힘겹게 몸을 일으켜 천천히 방을 빠져나갔다.

소장이 나가고 아무도 없는 빈방.

그곳에서 사람 목소리가 들려왔다.

"흠. 나쁜 사람 같지는 않은데……. 각성자들을 엄청나게 경계하는군. 거기에 나를 적으로 인식한 것 같은데……. 갓 등급이라……. 내가 일반인인 줄 알면 깜짝 놀라겠는걸."

아무도 없는 방의 허공이 일렁이더니 이내 사람의 형태로 바뀌었다. 물론 그 사람은 바로 영웅이었다.

자신과 마르코의 전투를 지켜보는 수상한 사람이 누군지

알기 위해 마르코의 눈을 피해 잠시 와 본 것이었다.

"나를 견제할 방법이라……. 이것 참……. 이게 뭐라고 두 근거리지."

영웅은 소장이 나간 방향을 바라보며 중얼거렸다.

"기대되네. 어떤 기술이 나올까. 인간들의 기술이 강해지면 그 미지의 외계인 놈들과 싸울 때도 도움이 되겠지."

순수한 마음으로 이들이 강해지길 바라며 곧바로 마르코가 있는 곳으로 다시 순간 이동을 했다.

화장실에 다녀오는 척하며 들어서자 마르코가 환한 미소를 지으며 말했다.

"모든 준비가 다 되었습니다. 사실 준비랄 것도 없지만 말입니다."

"그렇죠. 그럼 다녀오겠습니다."

"영웅 님! 잘 부탁드리겠습니다."

환하게 빛나고 있는 화이트 웜홀 앞에서 마르코가 크게 인사했다.

마르코의 눈에는 영웅에 대한 믿음이 가득했다.

"네, 최선을 다하겠습니다."

"혹시라도 조카에게 무슨 일이 생겼다면……. 그 아이의 유골이나 유품이라도……. 부탁드리겠습니다."

마르코의 말에 영웅이 고개를 끄덕이며 말했다.

"너무 걱정하지 마세요. 조카분이 그래도 SS급 각성자라고 하지 않았습니까? 보통 그 정도 능력이면 다른 차원에서도 강한 축에 드니 무사히 잘 살아 있을 겁니다."

"말씀만이라도 감사합니다."

"그럼 다녀오겠습니다."

영웅의 말에 마르코는 다시금 허리를 깊숙이 숙이며 영웅을 배웅했다.

영웅은 그 모습을 보고는 몸을 돌려 웜홀 속으로 들어갔다.

그리고 이내 환한 빛이 영웅을 감싸 안으며 그와 동시에 자취를 감췄다.

마르코는 고개를 들고 화이트 웜홀을 바라보며 중얼거렸다.

"부디 잘되기를……."

한편, 웜홀 속으로 들어온 영웅은 조금 상기된 표정으로 천천히 걸어 들어갔다.

'이번에는 어떤 세상일까? 웜홀이 거부를 안 하는 것을 보니……. 이곳 세상에 또 다른 나는 없는 모양이군.'

왜 이런 현상이 일어나는지에 대해 이제는 잘 알기에 영웅은 마음이 씁쓸했다.

그러나 이내 고개를 휘휘 저으며 잡념을 털어 내고 다른 차원으로의 여행을 떠났다.

왈왈-! 왈왈왈-!

어디선가 들려오는 개 짖는 소리에 영웅은 무거운 눈꺼풀을 힘겹게 떴다.

할짝- 할짝- 할짝-!

왈왈-!

"으음…… . 뭐, 뭐야?"

얼굴에서 느껴지는 차가움에 정신이 번쩍 들었는지 화들짝 놀라며 벌떡 일어나는 영웅이었다.

정신을 차리고 앞을 보니 웬 강아지 한 마리가 헥헥거리며 자신을 바라보고 있었다.

그런데 강아지의 생김새가 조금 이상했다.

흔히 알고 있는 강아지와 달리, 누가 봐도 만들어진 느낌이 물씬 풍기는 강아지였다.

"응? 로봇? 아니 뭔 강아지 로봇이 다 있어?"

영웅은 어리둥절한 표정으로 강아지에게서 눈을 떼고 주변을 두리번거렸다.

"아니…… . 강아지는 로봇인데 집은 또 왜 이래? 이거 완전 조선 시대에서나 볼 법한 집이잖아?"

로봇 강아지와 어울리지 않게 집은 역사책이나 민속촌에 가야 볼 수 있는 그런 집이었다.

전혀 매치가 되지 않는 풍경에 영웅은 황당한 표정을 지었다.

"와, 역대급으로 적응 안 되는 곳이네. 뭐지?"

헥헥-! 왈왈-!

"거참…… 일단 나가 보자."

영웅은 몸을 일으켜 문을 열었다.

문도 오래된 창호지가 발린 띠살문이었다.

끼이익-!

경첩에서 나는 쇳소리와 함께 문을 열자 울창한 숲이 눈앞에 펼쳐졌다.

오랫동안 사람의 손길이 닿지 않은 곳 같아 보였다.

"여긴 또 어디야? 인기척이라고는 조금도 없네."

왈왈-!

"아니…… 보이는 풍경이나 집, 그리고 장작들을 보면 영락없는 조선 시대인데……. 이 개는 뭐냐고……."

오히려 혼란이 더 가중되고 있었다.

영웅은 지금 상황이 어떤 상황인지 단서를 찾기 위해 집안으로 다시 몸을 돌렸다.

작은 집을 이리저리 둘러보던 영웅의 눈에 낡은 책상이 들어왔고, 그 위에 반듯하게 놓여 있는 다이어리 하나를 발견했다.

영웅은 그곳으로 천천히 발걸음을 옮겨 그 다이어리를 들어 펼쳤다.

"일기군…….'

다이어리는 이곳에 살던 자신의 도플갱어가 생전에 적은 일기장이었다.

영웅은 천천히 다이어리를 넘겼다.

2157년 7월 8일, 오늘은 내가 이곳에 온 지 10년이 된 날이다. 이제 더는 희망이 없기에 나는 떠나려 한다. 그래도 그냥 가기에는 허전해서 나라는 사람이 있었다는 것을 남기고라도 가자는 심정으로 펜을 들었다.

그렇게 다이어리의 주인은 자신의 이야기를 그곳에 빼곡하게 적어 놓았다.

나는 과학자 집안의 셋째로 태어났다. 부모님은 우주 행성에 사람이 살 수 있도록 테라포밍을 하는 연구를 하셨고, 그런 부모님과 평범한 형제들과 함께 아무런 걱정 없이 살아왔다. 그런 내가 왜 이곳에 있을까……. 왜…….

여기쯤에서 눈물을 흘렸는지 다이어리 곳곳에 젖은 흔적이 있었다.

내가 이곳에 오게 된 이유는 어떤 예언 때문이다. 그래…… 빌어먹을 예언…… 훗날 닥쳐올 세상의 위기에서 구원해 줄 유일한 사람이라나? 나더러 영웅으로 태어나 세상을 구할 운명을 타고났단다. 현실은 약해 빠져서 누구 하나 이기지도 못하는 몸인데 말이다. 나는 그 말을 그냥 대수롭지 않게 여겼다. 22세기에 예언이라니…… 하지만…… 지구의 평화는 오래가지 않았다. 우주에서 외계 종족이 지구를 침공한 것이다. 그렇다. 예언은 맞았다. 세상에 위기가 온 것이다. 하지만 절반은 틀렸다. 나는 그들에게서 지구를 구할 힘이 없다……

4장

다이어리의 내용을 보니 외계 종족에게 침공을 당한 모양이었다.

영웅은 다음 장으로 다이어리를 넘겼다.

외계 종족의 침공을 받기는 했지만, 지구 연합군 역시 약하진 않았기에 그들에게서 지구를 방어해 내는 것에 성공한다. 하지만 그 대가로 지구 인구의 절반이 전멸하고 지구 연합군의 대부분이 사라졌다. 그래도 막았으니 다시 건설하면 된다는 생각으로 사람들은 희망을 품고 힘을 모았다. 그런데⋯⋯. 지구에 온 그들의 병력은 선발대였다는 사실을 알게 되는 것은 오래 지나지 않아서였다. 태양계를 방어하고 있는 마지막 방어선이 무너지며 소식을 보내온 것이다. 그들의 본대가 지구를 향하고 있다고 말이다.

고요한 방에 책장만 넘기는 소리만 들려왔다.

사람들은 패닉 상태에 빠졌고 나와 가족들은 피난을 떠나기 시작했다. 하지만 도망갈 곳이 없었다. 아버지는 내 손을 꼭 잡으며 나에게 말했다. 네가 희망이라고……. 나는 아니라고 했지만, 아버지와 가족들은 그 예언자의 말을 믿는 것 같았다. 아버지는 나에게 작은 청동거울을 쥐여 주며 우리 집안의 가보라고, 이것이 나를 지켜 줄 것이라 말했다. 지금 생각하면 어이가 없지 않은가……. 수천 년전에 존재하던 이 보잘것없는 청동거울이 나를 지켜 준다는 것이……. 하지만 그때는 그 말이 귀에 들어오지 않았다. 가족들과 헤어지기 싫었고 나는 격렬하게 거부했다. 격렬하게 거부하는 나를 억지로 재우고는 대비한 우주선에 태워 이곳으로 보낸 것이다……. 이 화성으로 말이다.

"응? 여기가 화성이라고?"

화성은 아버지가 테라포밍을 하던 행성 중 한 곳이었고 실제로 인류가 살 수 있는 환경을 만드는 데 성공한 행성이었다. 다만, 아직 완벽하게 생태계가 만들어지지 않았기에 자연적으로 생태계가 만들어지도록 방치하고 있는 상태였다. 내가 떨어진 곳은 그것을 연구하는 연구소였다. 연구소에는 사람이 없었다. 외계 침공 소식을 들은 과학자들이 전부 짐을 싸 들고 지구로 돌아갔기 때문이었다. 이곳에서 나는 나처럼 홀로 남겨진 로봇 강아지와 함께 한동안 연구소에서 생활하며 지구의 동태를 살피고 있었다.

영웅은 자신의 발아래에서 쪼그려 앉은 채 영웅을 바라보며 헥헥거리는 강아지를 바라보았다.
이 강아지가 어디서 왔는지를 알게 된 것이다.

지구는…… 결국 외계인들의 본대에 당했고 점령당했다. 나는 무서웠다. 이곳에도 당장 외계인들이 몰려올 것 같았다. 나는 서둘러 짐을 챙겨 정글로 이루어진 이곳으로 대피를 했다. 혹시 몰라 지구의 상황을 볼 수 있는 장비도 챙겼다. 나는 주변의 나무를 잘라집을 만들었다. 다행히 취미 삼아 전통 가옥을 종종 만들었기에 당장 살 수 있는 집을 얼추 만들 수 있었다. 비록 조잡했지만 나는 만족했다. 정말로 오랜만에 아무 생각 없이 즐겁게 지냈다.

이제야 왜 조선 시대에서나 볼 법한 집이 있는지 이유를 알게 된 영웅이었다.

그렇게 이곳에 자리를 잡고 살아가는데, 외계 함선들이 화성에 모습을 드러냈다. 함선들은 구석구석 스캔을 하며 무언가를 찾고 있었다. 한참 후 저 멀리 연구소가 있던 곳에서 검은 연기가 피어올랐다. 아마 외계인들이 연구소를 파괴한 모양이었다. 나는 두려웠다. 당장이라도 저들이 날아와 나를 죽일 것 같은 공포에 빠졌다. 하지만 하루가 지나고 이틀이 지나도 그들은 보이지 않았다. 그렇게 나는 10년이라는 세월을 두려움에 떨며 보냈다. 하지만 이제는 지쳤다……. 이제는 그만하고 싶다……. 맥스……. 이 못난 주인을 용서해라. 너 혼자 두고 가는 이 못난 주인을…….

다이어리에 적힌 글은 거기서 끝이 났다.

"네가 맥스구나."

왈왈-!

맥스라 불리는 로봇 강아지는 꼬리를 매우 빠르게 흔들며 영웅을 바라보았다. 그 모습을 잠시 슬픈 눈으로 바라보는 영웅이었다.

그리고 다시 다이어리를 바라보며 생각에 잠겼다.

'일단 지구가 아니니……. 화이트 웜홀은 이곳에 없을 것이고……. 아닌가? 이곳에 있나? 혹시 모르니 한번 둘러봐야겠군. 그나저나 외계인이라……. 그들이 말한 무라트라는 종족인가?'

무라트족을 생각한 영웅은 이내 고개를 저었다.

'아니지, 지구인들이 한 번은 승리했다고 말했으니 그들은 아니다. 그들이었다면 순식간에 지구를 점령했겠지. 그렇다

면 다른 종족이라는 건데…….'

영웅은 잠시 다이어리를 바라보았다.

그리고 다이어리를 다시 책상 위에 고이 두고는 밖으로 나
왔다.

푸르다 못해 새파란 하늘과 드넓게 펼쳐진 푸른 숲들을 바
라보니, 이곳이 화성이라는 사실이 믿어지지 않았다.

"여기가 화성이라니……. 인간의 과학력이 이 정도까지
왔음에도 이기지 못하는 존재라……."

잠시 동안 화성의 아름다운 경치를 감상하던 영웅은 이내
하늘 위로 몸을 날렸다.

슈앙-!

화성의 대기권까지 올라간 영웅은 자신의 발아래를 내려
보며 중얼거렸다.

"일단은 화이트 웜홀을 찾는 것이 먼저다."

가장 먼저 해야 할 일이었다.

영웅은 정신을 집중해서 화이트 웜홀의 기운을 찾아내기
시작했다. 집중은 한참 동안 계속되었다.

능력의 상승으로 인해 이제 일일이 돌아다니면서 찾지 않
고도 웜홀의 기운으로 찾아낼 수 있게 되었다.

"흠……. 이곳에는 없군. 지구는 어디에 있지?"

고개를 이리저리 돌려 지구가 있는 곳을 확인하고 그곳에
다시 정신을 집중했다.

다시 시간이 흐르고 영웅의 입가에 미소가 흘러나왔다.

"역시 지구에 있었군. 이렇게 쉽게 발견하다니. 나 좀 강해진 것일지도⋯⋯."

이제 힘들지 않게 화이트 웜홀을 찾아낼 수 있겠다는 생각에 기분 좋은 미소를 짓던 영웅은 지구를 바라보다가 표정을 굳히며 고개를 저었다.

"아냐, 아냐. 이런 자만은 금물이다. 아직 적에 비하면 한참 부족해. 더욱더 강해져야 해. 일단 지구로 이동해야겠군."

영웅은 곧바로 지구를 향해 날아가려고 했다.

하지만 그러지 못했다.

"맥스를 두고 갈 뻔했군. 아무도 없는 곳에 남겨 두고 갈순 없지."

비록 로봇이라고는 하지만, 혼자 남겨 두기엔 마음에 걸렸다.

"아, 맞다. 집안의 가보도 두고 갈 뻔했어."

다시 오두막집으로 내려온 영웅은 집 안을 살펴보다가 구석에 있는 상자를 발견했다.

"저건가?"

영웅은 상자를 발견하고 다가가려 하다 고개를 갸웃거렸다.

상자 안에서 무언가 익숙한 기운이 느껴졌다.

"이건 어디서 많이 느껴 본 기운인데."

영웅은 조심스럽게 상자를 열었다.

끼이익─!

경첩 소리와 함께 열린 상자 안에는 푸르스름한 색상의 작은 청동거울이 들어 있었다.

영웅은 조심스럽게 그것을 들어 올렸다.

웅웅웅웅─!

영웅의 손에 들린 청동거울이 갑자기 요동을 치며 울리기 시작했다.

그러다가 갑자기 환한 빛을 내뿜으며 공중으로 떠올랐다.

즈이이이잉─!

천장 위로 뜬 청동거울이 바닥을 환하게 비추기 시작했고 그 빛은 점차 사람의 형태를 띠기 시작했다.

"뭐야?"

천부인 중 하나가 아닐까 생각했는데, 그것은 아닌 모양이었다.

천부인이라고 하기에는 기운이 너무도 약했기 때문이었다.

빛은 곧 또렷한 모습을 한 인간 형상의 홀로그램을 만들어 내었고 그 홀로그램 인간은 영웅을 똑바로 주시하고 있었다.

영웅은 고개를 갸웃거리며 몸을 옆으로 이동했다.

그랬더니 자신을 따라 고개가 움직이는 것이 아닌가.

"뭐지? 진짜로 나를 보는 것일 리는 없고……."

혼자 중얼거리고 있던 그때, 홀로그램에서 소리가 들려왔다.

["자네를 보는 것이 맞네."]

"우와……. 무슨 원리지?"

신기함에 이리저리 둘러보는 영웅의 모습에 살짝 기분이 상했는지 홀로그램 속의 남자가 인상을 찡그렸다.

["그놈 참, 지킴이 주제에 요란스럽기도 하구나."]

"지킴이?"

["설마……. 모르고 있는 것이냐?"]

홀로그램의 말에 영웅이 고개를 끄덕였다.

지킴이에 관한 것은 다이어리에도 적혀 있지 않은 내용이었다.

["허……. 지킴이에 대해 모른다는 것은 각성도 하지 않은 상태라는 것인데……. 어찌 이것을 작동할 수 있었던 것이지? 도통 이해할 수가 없구나."]

"지킴이가 뭔데?"

["이것 참……. 어디서부터 설명해야 할지……. 일단 네놈에게 이 말을 전해도 되는지 확인을 먼저 하겠다."]

그 말이 끝남과 동시에 청동거울에서 한 줄기 빛이 영웅의 몸을 비추며 스캔하기 시작했다.

["인간이 맞는데? 거참……. 모를 일이구나. 각성을 한 상태로는 보이지 않은데……. 저 물건은 어디서 났느냐?"]

"집안의 가보라던데?"

["가보? 가보라 하는 것은 집안의 보물이라는 건데……. 그럼 지킴이 집안의 후손이 맞는데……. 교육을 제대로 받지 않았나 보군. 나에 대해 전혀 알지 못하다니."]

"외계인의 침략으로 몸만 다급하게 빠져나와서 그래."

["뭐? 외계인의 침공이라고? 서, 설마……. 그놈들이 눈치를 채고?"]

"무라트족은 아닌 거 같아."

["그런가? 무라트족은 아니……. 그, 그것을 네놈이 어찌 아느냐!"]

자신의 턱을 쓰다듬으며 생각에 잠기던 홀로그램 속 남자가 영웅의 말에 화들짝 놀라며 그를 경계하는 눈빛으로 바라보았다.

["말하라! 어찌 그들의 존재를 네놈이 아는 것이냐!"]

"내 적이니까?"

["적……이라고?"]

"그러는 그쪽은 누군데? 통성명부터 하자고."

["허……. 말세로구나, 말세야. 정말로 아무것도 모른단 말이냐?"]

"그렇다고 몇 번을 말해야 하지?"

영웅의 짜증 섞인 말에 홀로그램 속 남자가 잠시 머뭇거리더니 입을 열었다.

["나는 너희의 창조자다. 너희가 흔히 말하는 신이지."]

"창조를 했다고? 창조……."

["어떠냐? 이제 좀 경외감이 드느냐? 이제 알았으면 어서 엎드려 경

배를 올리거라. 한참 늦었지만 내 너그러운 마음으로 받아 주겠다."]

창조자라는 말과 함께 한껏 거만한 태도로 말하는 그를 보던 영웅은 손뼉을 치고는 무언가 생각났다는 표정으로 말했다.

"아! 그럼 네가 홍익인간족이구나!"

["그렇다! 내가 바로 홍……. 헉! 그, 그, 그것은 또 어, 어찌 아느냐!"]

홀로그램 속 남자는 영웅의 말에 다시 화들짝 놀라며 잔뜩 경계하는 자세를 취하기 시작했다.

["어, 어찌 아느냔 말이다! 네놈은 누구냐! 정체가 뭐냐?"]

"글쎄? 나도 이걸 뭐라고 말해야 할지……. 설명하기가 좀 많이 복잡하긴 한데……."

빠지직-!

영웅의 말이 끝나기도 전에 허공에 떠 있던 청동거울에서 강력한 뇌전이 일어나기 시작했다.

["바른대로 말해라. 그러지 않으면 어쩔 수 없이 너를 고신할 수밖에 없다!"]

"그걸 나에게 쓸 생각은 아니지?"

["쓸 생각이다!"]

"그보다…… 너 신이라며. 그럼 나에 대해 척 하면 착 하고 알아야 하는 거 아니야?"

["그, 그건……."]

"무슨 신이 이래? 아는 것도 없고……. 너 사기꾼이지?"

["네 이놈! 무례하구나! 나는 너희 인간을 창조해 낸 위대한 홍익인간족이다!"]

"그건 모르겠고 나에 대해서 설명하는 것도 복잡하니 일단 우리 만나서 대화를 하면 안 될까? 앞에서 지직거리니까 눈이 아파서 말이지."

["닥쳐라! 나를 만나려 하는 걸 보니 네놈은 무라트족이 보낸 자가 맞구나! 좋게 말해선 바른대로 말하지 않을 것 같으니 나를 원망하지 말아라! 나는 분명히 네놈에게 기회를 주었다!"]

빠지지직-!

홀로그램 속 남자의 말이 끝나기가 무섭게 청동거울에서 일어나던 강력한 뇌전들이 영웅을 향해 쇄도하기 시작했고 곧바로 영웅의 몸을 덮쳤다.

["말하라! 바른대로 말만 한다면 바로 거두겠다."]

몸 전체에 짜릿한 기분을 느끼며 영웅은 보았다.

뇌전을 자신에게 쏘아 보내고 안절부절못하는 모습을 말이다.

'착하군.'

아마도 남들에게 고통을 주는 것을 좋아하지 않는 종족 같았다.

["어, 어서 말해라! 더, 더 늦으면 너, 너의 몸이 망가진다! 어서!"]

시간이 지나도 말이 없자 오히려 홀로그램 속 남자가 애가 타는 모습으로 재촉했다.

남자의 눈에는 영웅을 걱정하는 눈빛이 가득했다.

그 모습에 영웅은 자신도 모르게 피식 웃었다.

"한 가지만 해. 걱정할 거면 걱정만 하고 고문을 할 거면 고문만 하고……."

파창—!

영웅이 오른손을 들어 휘젓자 그의 몸을 뒤덮고 있던 뇌전이 산산조각 나며 순식간에 소멸해 버렸다.

영웅의 몸을 뒤덮고 있던 뇌전이 사라지자 홀로그램 속 남자가 믿을 수 없다는 표정으로 눈을 동그랗게 뜬 채 그것을 멍하니 바라보았다.

그러다가 정신을 차렸는지 말을 심하게 더듬었다.

["어, 어, 어떻게?"]

사실 영웅의 몸을 뒤덮은 뇌전은 소리와 이펙트만 요란하지 그리 심한 전류가 아니었다.

몸이 조금이라도 단련되어 있는 사람이라면 언제든지 견뎌 낼 수 있는 정도의 전류였다.

이것만 봐도 홀로그램 속의 남자가 얼마나 마음이 약한지 알 수가 있었다.

'종족 전체가 다 저러나? 그렇다면 이해가 되지.'

싸움을 싫어하고 평화를 사랑하는 종족이라면 그럴 수 있겠다 싶은 생각이 들었다.

영웅은 설명하기도 귀찮고 설명을 한다고 해도 믿을 것

같지도 않아서, 그냥 가장 빠르게 설명할 수 있는 것을 선택
했다.

'이걸 보여 주면 알아보려나?'

그렇게 생각하며 4차원 공간 속에서 천뢰신검을 찾아 꺼
냈다.

그와 동시에 들려오는 목소리.

─주인! 여기 심심합니다! 꺼내 주세요!

─주인님! 저희 잊으신 거 아니죠?

'아! 맞다! 얘들이 있었지. 나도 참…….'

영웅은 아더와 킬라쉬를 자신의 4차원 공간에 넣어 둔 것
을 깜빡한 것이다.

─잠깐만 기다려라. 지금 하고 있는 대화 좀 마치고. 이 상황
에서 너희까지 나오면 설명하기 더 복잡하니까.

─알겠습니다.

두 드래곤에게 양해를 구하고 영웅은 천뢰신검을 꺼내 들
었다.

갑자기 허공에서 검이 생겨나자 주춤하더니 이내 고개를
갸웃거리며 중얼거렸다.

["어디서 많이 본 것 같은…….")

홀로그램 속 남자는 기억이 날 듯 말 듯 하면서 나질 않았
는지 천뢰신검을 뚫어져라 쳐다보았다.

"천뢰신검이라고 한다. 천부인 중 하나지."

["아! 천부인! 그래! 맞아! 천부인 중 하나인 천뢰……신……검…….."]

이제야 기억이 났는지 환한 미소와 함께 박수를 치던 그의 말소리가 점차 줄어들기 시작했다.

그와 동시에 그의 표정이 점차 사색으로 변해 갔다.

["천뢰신검! 마, 맙소사! 지, 진짜 천뢰신검이라고? 미, 믿을 수 없다! 그, 그, 그걸 왜 네가 가지고 있어? 가짜지?"]

"진짠데?"

["처, 천뢰신검은 검면이 푸르스름하며…….."]

그리 말하며 천뢰신검을 천천히 바라보는 남자였다.

영웅의 손에 들려 있는 검은 가을 하늘처럼 선명한 푸른색을 띠고 있었다.

["주인이 아닌 자는 강력한 뇌전으로 거부…….."]

"응, 나 아니면 다 태워 죽이더라."

["그, 그럴 리가 없다! 그것이 진품이라면 이 청동거울이 반응했을 것이다!"]

웅웅웅웅웅–!

그 말이 끝나기가 무섭게 청동거울이 울리더니 천뢰신검을 향해 밝은 빛을 비추기 시작했다.

홀로그램 속 남자는 멍한 표정으로 천뢰신검과 영웅을 번갈아 가며 바라보았다.

["지, 진짜라고? 그, 그런데 어찌 너는 멀쩡한 거냐?"]

"내가 이 검의 주인이니까."

["그럴 수가 없다! 그 검의 주인은 오직 하나! 우리들의 왕……뿐이다……."]

말을 하면서 점차 떨리는 동공. 그는 이내 말을 멈추고 천뢰신검이 아닌 영웅을 바라보았다.

["……서, 설마……."]

홀로그램 속 남자는 몸을 부들부들 떨면서 그저 영웅만을 바라볼 뿐이었다.

그러다가 무언가 생각났는지 떨리는 목소리로 중얼거렸다.

["그, 그래서……. 가, 각성을 하지 않았음에도 처, 청동거울이…… 바, 반응한 것이구나……. 그, 그래서……. 그래, 와, 왕이시니까……."]

떨리는 눈에 점차 가득 차는 물기. 이내 볼을 타고 흘러내리기 시작했다.

그와 동시에 홀로그램 속 남자의 몸이 무너지더니 이내 감정에 복받친 목소리로 크게 외쳤다.

["신! 흐, 흑치상! 폐, 폐하께 인사 올립니다!"]

"어찌 그리 쉽게 인정을 하지?"

["천뢰신검과 청동거울이 인정하였습니다! 당신은 저희의 왕이 맞으십니다!"]

"저 청동거울이 천부인 중 하나인가?"

["아, 아니옵니다! 청동거울은 천부인을 지키기 위한 장치 중 하나일 뿐입니다."]

"그럼 지킴이가 무엇인지 말해 줄 수 있어?"

["지, 지킴이라는 것은 천부인 중 하나인 환인의 인장을 지키는 자들을 말하는 것입니다!"]

"무언가를 지키는 집안치곤……. 여기 집안은 너무 힘이 없는데?"

무언가를 지키기 위해선 힘이 있어야 하는 것이 아닌가.

다이어리에 적힌 내용을 보면 그리 강한 집안으로 보이진 않았다.

["그, 그것이……. 그, 그들의 인생에 관여하지 않는 것이 저희 방침이라……. 아마도 이곳에 있던 지킴이 집안은 몰락한 것이 아닐까 추측을 해 봅니다."]

"아니, 이런 중요한 것을 지키라고 해 놓고 아무런 지원도 안 해 주었다고? 제정신이야?"

["죄, 죄송합니다! 저, 저희는 그, 그것이 그들을 위한 일이라 생각했습니다. 또한, 접촉을 피해야 무라트족으로부터 그들을 지키고 우리도 안전한 방법이라 생각했습니다."]

"대가 없는 충성은 없는 법이야. 아니, 아무런 지원도 안 해 주면서 무조건적인 충성을 바라다니. 어휴. 답답하다, 진짜."

["죄, 죄송합니다……."]

"그건 일단 넘어가고……. 내가 듣기로는 천부인을 전 우주에 퍼트렸다고 하던데? 그것을 지키는 집안이 따로 있어? 그러면 퍼트린 것이 아니고 숨긴 거라고 해야 하는 거 아닌가?"

["아니옵니다! 천뢰신검과 또 다른 천부인 중 하나인 천왕부절은 우리도 모르는 곳에 퍼트린 것이 맞습니다. 혹여라도 우리 중에 배신자가 있어 무라트족에게 그 정보를 넘기는 것을 방지하기 위함이었습니다. 다만, 하나는 우리가 지키고 있어야겠다는 생각에 환인의 인장은 저희가 아는 장소에 깊숙이 숨겨 두었습니다."]

"그곳이 어딘데?"

["그곳으로 가기 위해선 청동거울과 청동 검, 그리고 청동방울을 모아야 합니다."]

"그 말은 지킴이 집안이 세 곳이나 된다는 거야?"

["그, 그렇습니다!"]

"그들에게도 아무런 지원을 안 해 주었겠네?"

["그, 그렇습니다……."]

"하아……. 나머지 지킴이들은 어디에 있는데?"

["각기 다른 차원에 퍼져 있습니다. 지킴이 가문의 이름은 각각 풍백, 우사, 운사라고 합니다. 이곳은 풍백 집안이 맡고 있었습니다."]

"복잡하네……."

["아, 아뢰옵기 황공하오나 당시 저희로서는 천부인을 지키기 위한 제일 나은 방법이었사옵니다. 무라트족의 감시를 피해 저희가 할 수 있는 최선이었습니다."]

"흑치상이라고 했나? 일단 좀 만났으면 좋겠는데? 자꾸

지지직거려서 정신 사납거든?"

["헉! 소, 소신이 또 큰 결례를 저질렀습니다. 지, 지금 당장 가겠사옵니다."]

흑치상이 다급하게 어디론가 달려가면서 화면이 꺼졌고, 이내 공중에 떠 있던 청동거울이 바닥으로 떨어졌다.

땡그랑-!

영웅은 바닥에 떨어진 청동거울을 집어 들어 일단 책상 위에 올려 두었다.

저것을 기준으로 찾아오는 것일 수도 있으니까.

"그럼 일단 짬이 생겼으니 이놈들을 꺼내 볼까?"

곧바로 4차원 공간의 문을 크게 열어 아더와 킬라쉬가 나올 수 있도록 해 주었다.

"주인! 너무하십니다! 저희 까먹고 계셨죠?"

"맞습니다! 영영 저 안에 갇혀 있을 뻔했다고요!"

"미안, 미안. 너무 황당한 동네에 와서 잠시 당황해서 그랬어."

"황당한 동네요?"

"그런 게 있어."

왈왈-!

그 순간 옆에서 개 짖는 소리가 들려왔다.

그 소리에 아더와 킬라쉬의 고개가 돌아갔다.

"어? 우리가 아는 개와는 생김새가 사뭇 다른데요?"

"그러니까요. 생명력이 전혀 느껴지지 않습니다. 뭡니까, 이건?"

"로봇 강아지."

"로봇이요?"

"그런 게 있어."

"거참, 특이한 생명체일세."

"언데드 같기도 하고요. 그런데 흑마법의 기운은 느껴지지 않습니다."

두 드래곤은 꼬리를 흔들며 헥헥거리고 있는 로봇 강아지를 신기한 눈으로 쪼그려 앉아 바라보고 있었다.

그 모습에 영웅은 피식 웃고는 4차원 공간에서 다기를 꺼내 차를 끓일 준비를 했다.

"일단 손님이 곧 올 거니까 차나 준비해 볼까?"

"앗! 주인! 제가 하겠습니다."

"아니야. 너희는 그거랑 놀고 있어."

"하지만……."

"너희가 끓이면 내가 원하는 그 맛이 나질 않아서 그래."

"알겠습니다."

영웅의 말에 고개를 끄덕이고는 다시 로봇 강아지에게 집중하는 두 드래곤이었다.

그 모습에 다시 피식 웃고는 차를 끓이기 시작하는 영웅이었다.

찻물이 끓고 향기가 방 안을 채울 때쯤, 영웅이 미소를 지었다.

"왔군."

"폐에하! 신! 흑치상! 폐하를 알현하러 왔나이다! 부디 신에게 용안을 알현할 수 있는 성은을 내려 주시옵소서!"

집 안이 울릴 정도로 쩌렁쩌렁한 소리가 바깥에서 들려왔다.

"깜짝이야!"

아더와 킬라쉬가 깜짝 놀라며 문 쪽을 바라보았다.

"저거 뭡니까? 치울까요?"

자신을 놀라게 한 것이 기분 나빴는지 얼굴을 잔뜩 찡그리며 영웅에게 묻는 아더였다.

"아냐. 날 찾아온 손님이다. 문 열어라."

"네!"

영웅의 손님이라는 소리에 군말 없이 달려가 문을 여는 아더였다.

문이 열리면서 빛이 들어오고 풍경이 서서히 보이기 시작했다.

보이는 풍경 속에는 옷을 차려입은 한 남자가 맨바닥에 엎드려 영웅이 나오기만을 기다리고 있었다.

"생각보다 늦었네? 바로 워프해서 올 줄 알았더니."

"화, 황공하옵니다! 폐, 폐하를 아, 알현하는데 어찌 감히 대충 입고 올 수 있겠사옵니까! 격식을 차리느라 늦었사옵니다. 용서하여 주시옵소서."

"일단 여기 애들이랑 인사해. 내 수하들이야."

"난 아더라고 한다."

"난 킬라쉬."

둘의 소개에 흑치상이 살짝 고개를 들어 바라보고는 물었다.

"드래곤?"

"어? 한 번에 아네?"

영웅이 신기한 표정으로 묻자 흑치상이 다시 고개를 숙이며 말했다.

"드, 드래곤 역시 저희가 창조한 생명체이니 알고 있는 것은 당연한 일이옵니다!"

"아! 그래? 그럼 애들이 말하는 주신이라는 존재가 너희구나."

"그, 그렇습니다. 하, 한때 저들이 있는 세상을 관리할 때 너무 힘들어 그들을 조율할 강력한 존재인 드래곤을 창조했습니다. 그 후로 그들에게 중간계를 조율하는 역할을 맡겼었지요."

흑치상의 말에 영웅이 고개를 돌려 아더와 킬라쉬를 바라보며 말했다.

"들었지? 너희가 알고 있던 창조의 신이 바로 얘야. 아니 정확히는 애네 종족이지."

"네에?"

"그, 그게 무슨 말씀이십니까?"

"너희가 들은 그대로야. 저기 엎드려 있는 저자가 너희를 창조해 낸 신이라고."

"주, 주인. 노, 농담이 지나치십니다."

"맞습니다."

"농담 아닌데? 진지하게 말하는 건데."

정말로 진지한 표정으로 말하자 두 드래곤의 동공이 세차게 흔들리기 시작했다.

언젠가는 만날 거라고 생각했던 주신을 이렇게 갑자기 만난 것도 놀랍지만, 그 신이 영웅과 같은 인간의 모습이라는 것에 더 충격을 받았다.

그것도 모자라 자신들의 창조신이라는 자는 영웅의 앞에 엎드려 자신의 충절을 보이고 있었다.

"그, 그게 저, 정말이면 우, 우리를 이길 수 이, 있습니까? 저, 정말로 시, 신이라면 느, 능력을 보이시오!"

"마, 맞습니다! 저, 저도 아더 님과 가, 같은 생각입니다!"

두 드래곤의 말에 영웅은 달 기지에 있는 앨런족 족장의 말을 떠올렸다.

홍익인간족은 창조에는 능하나 전투에는 전혀 소질이 없다는. 영웅은 두 드래곤을 말리려 했다.

그때 흑치상이 영웅에게 말했다.

"저들에게 신의 능력을 보일 수 있도록 윤허하여 주시옵소서!"

"그, 그게……."

영웅은 차마 대놓고 너희 약하지 않냐고 물을 수 없어서 흑치상에게 텔레파시를 보냈다.

-내가 듣기로는 너희는 전투에는 소질이 없다고 들었는데?

-맞습니다. 하지만, 저들은 저희가 만들어 낸 창조물이옵니다. 저들을 상대하는 것에는 문제가 없습니다.

-응? 드래곤인데? 정말로 문제가 없어?

-그렇사옵니다!

영웅은 믿을 수 없다는 표정으로 흑치상을 잠시 바라보다가 고개를 끄덕이며 말했다.

"그, 그래. 그럼 보여 줘 봐."

"황은이 망극하옵니다! 폐하!"

영웅에게 감사의 절을 올린 흑치상은 아더와 킬라쉬가 있는 방향으로 당당하게 몸을 일으켰다.

몸을 일으킨 흑치상의 모습은 생각 외로 기골이 장대했다.

흑치상은 아무런 말 없이 두 드래곤을 바라보았다.

"하하하, 귀여운 것들. 너희는 나의 말에 따를 수밖에 없다."

"그, 그게 무슨 말입니까?"

"증거를 보여 주지. 앉아."

"이익! 그딴 말을 우리가 들을 것 같습니까?"

"잘 듣고 있는데 뭘."

흑치상의 말에 두 드래곤은 자신의 몸을 쳐다보았다.

"헉! 어, 언제?"

"아, 아니 나도 모르는 새에……. 언제 앉았지?"

자신들도 모르는 사이에 쭈그려 앉아 있었다.

"일어서."

벌떡-!

"앉아!"

차착-!

그냥 말만 하면 자동으로 움직이고 있었다.

"좌로 굴러. 우로 굴러."

데굴데굴- 데굴데굴-!

"본체로 변신!"

번쩍- 번쩍-!

순식간에 빛이 번쩍하면서 드래곤의 거대한 모습을 드러
냈다.

"짖어!"

크아아아앙-!

쿠아아앙-!

드래곤답게 상상을 초월하는 포효를 보여 줬다.

"너희의 몸에는 나를 거역할 수 없는 DNA가 심어져 있다. 절대로 무슨 일이 있어도 너희는 나를 공격하지 못하지. 그뿐인가?"

흑치상은 킬라쉬를 가리키며 손가락을 뻗었고 이내 그의 손이 환하게 빛나기 시작했다.

"성별도 바꿀 수 있지."

"어멋!"

건장한 수컷 드래곤이었던 킬라쉬가 순식간에 암컷 드래곤으로 변해 있었다.

"종족도 바꿀 수 있고."

킬라쉬의 몸이 빨간색에서 푸른색으로 변해 갔다.

레드 드래곤이었던 그의 몸이 블루 드래곤으로 변하고 있었다.

"이제 알겠느냐? 내가 너희를 창조한 신이라는 것을."

두 드래곤은 자신들도 모르게 고개를 끄덕였다.

거역할 수가 없었다.

감히 덤비겠다는 생각도 들지 않았다.

영웅만 없었다면 정말로 엎드려 경배하고 감격의 눈물을 흘렸을 것이다.

하지만 영웅이 옆에 있어서 그런지 그것은 참을 수 있었다.

"너희는 지금 나를 경배하고 찬양하고 싶을 것이다. 당연하지, 그렇게 만들어졌으니까."

흑치상의 말 한마디 한마디에 고분고분 말을 잘 듣는 두 드래곤이었다.

그것을 본 영웅이 눈을 반짝였다.

"신기하네. 정말로 대단하잖아?"

영웅의 말에 한껏 거만한 자세를 취하고 있던 흑치상이 언제 그랬냐는 표정으로 고개를 숙이고는 영웅 앞에 얌전하게 섰다.

"과, 과찬이옵니다! 폐하!"

"가만, 나도 평범한 인간이니까 너희가 창조한 피조물 아니야?"

"그, 그렇습니다만 폐, 폐하께서는 특별하십니다."

"어떻게 특별한데?"

"선택받은 유전자가 있사옵니다. 그 유전자는 저희 종족이 가진 모든 역량을 쏟아부어 만들었습니다. 다만, 한 인간이 그것을 감당하기에는 너무도 강한 힘을 가진 터라 모든 우주에 똑같은 인간들을 만들어 골고루 퍼트려 놓았습니다."

"그걸 내가 전부 흡수한 것이고?"

"역시 폐하십니다. 하나를 알려 드리면 열, 아니 백을 헤아리시는군요."

"그 유전자를 너희 몸에 넣으면 되는 거 아니야? 굳이 너희가 창조한 피조물에 넣은 이유는 뭐지?"

"무라트족을 견제하기 위해 수많은 시간 동안 연구에 연구를 거듭해서 최강의 유전자를 탄생시켰지만, 애석하게도 그 유전자는 저희 종족과는 상극인 유전자입니다. 만약 그 유전자의 힘을 탐내고 자신의 몸에 주입한다면, 그자는 그 자리에서 폭사하고 죽을 것입니다. 또한, 저희가 폐하를 저 드래곤처럼 마음대로 다룰 수 없는 이유 또한 그 유전자가 저희의 힘과 상극이기 때문입니다."

"그렇다면 설마……. 인간을 만든 것이 이 유전자를 넣기 위해?"

"역시 혜안이 남다르시군요, 폐하. 맞사옵니다. 여러 차례 시도 끝에 가장 안전한 신체를 완성했고 그것이 바로 저희와 같은 모습의 인간이었습니다."

"그런데 왜 내가 되었지?"

"그러니 특별한 것이지요. 수천 년, 수만 년이 지나도 발현되지 않을 수 있는 것이 바로 그 유전자입니다."

"그럼 천부인은?"

"그 유전자의 진정한 힘을 각성시키는 물건들이옵니다."

영웅은 왜 앨런족이 천부인을 모아야 왕의 진정한 힘을 찾는다고 했는지 이해가 되었다.

"전대 왕들은 그 힘을 이기지 못하고 폭사했다고 들었는데?"

"아시는 정보가 생각 외로 많으십니다, 폐하. 그것도 맞사옵니다! 그래서 천부인에 그 힘을 컨트롤할 수 있는 능력을 넣어 두었습니다. 사실, 폐하께서 천뢰신검을 그리 가볍게 다루시는 것을 보고 조금 놀라긴 했습니다."

"응? 이거? 뭐 나를 주인으로 완전히 인정해서 그런 거겠지. 그럼 환인의 인장을 찾으려면 어찌해야 하지?"

"그곳으로 가는 차원은 제가 열어 드릴 수 있습니다. 다만, 그들에게 제가 직접 나서서 그것을 내놓으라 할 수는 없습니다. 그들의 세상에 저희가 간섭하는 것은 절대로 해서는 안 되는 원칙입니다."

"왜?"

"그것은 폐하께서 거치셔야 할 관문 같은 것이옵니다."

"너희 다급하다며? 무라트족에게 쫓기고 있다며?"

"원칙은 원칙이옵니다. 이것으로 인해 폐하께서 힘을 각성하지 못하고 우리 종족의 미래가 좌절된다고 하여도 원칙을 깰 수는 없습니다."

"고지식한 종족이군."

"황공하옵니다."

"뭐, 일단 하나는 찾았으니 되었지."

"그럼 다른 곳의 차원을 열어 드릴까요?"

"아니, 일단 이곳에서 해야 할 일이 있어서."

"이곳에서요? 이곳에서 폐하께서 하실 일은 청동거울을 찾는 것이 아니었습니까?"

"아니, 누구에게 부탁을 받은 것이 있어서 사람을 먼저 찾아야 해."

"사람이요? 그, 그것보다 저희 종족의 미래……. 아니, 우주의 평화가 우, 우선 아닙니까?"

"이거 왜 이래? 아까 나한테 뭐라고 했지? 원칙은 지켜야한다며. 나 역시 신의를 지켜야지. 약속했으니 반드시 지켜야 하는 거야."

영웅이 진지한 표정으로 저렇게 말하자 잠시 멍한 표정을 짓던 흑치상이 이내 밝은 미소를 지으며 고개를 숙였다.

"폐하를 모시게 된 것은 이 흑치상의 인생에 있어 최고의 큰 복이옵니다! 신! 흑치상! 폐하를 가까운 거리에서 최선을 다해 모시겠습니다!"

흑치상은 영웅의 말에서 그의 인덕을 본 것이다.

자신들의 왕이 나타나 준 것만으로도 감지덕지할 판인데 인덕까지 있으니 이 얼마나 좋은 일인가.

흑치상은 자신도 모르게 새어 나오는 웃음을 참으며 고개를 숙였다.

그런 흑치상에게 영웅이 한마디 더 했다.

"저놈 다시 원래대로 돌려놓고……. 좀 짜증 나려고 하니까."

영웅이 가리킨 곳에는 아더를 향해 교태를 부리고 있는 킬라쉬가 보였다.

"아잉, 아더 님. 저 좀 봐 봐요."

아더는 울상이 되어 영웅만 하염없이 바라보고 있었다.

후에 킬라쉬가 원상태로 돌아가고도 아더는 한동안 그를 피해 다녔다.

〜〜〜

업그레이드된 능력으로 쉽게 돌아갈 웜홀을 발견하고 그 곳으로 흑치상과 드래곤들을 데리고 이동한 영웅이었다.

흑치상은 화이트 웜홀이라 불리는 것에 대한 호기심에 영 웅을 따라나섰다.

"호오, 이것은 앨런족의 나노 머신이군요. 보아하니 수명 이 다한 나노 머신들인 것 같사옵니다. 신기하옵니다."

흑치상은 환하게 발광하는 화이트 웜홀 주변을 빙글빙글 돌며 그것을 관찰하고는 말했다.

"어? 앨런족을 아네?"

"잘 알고 있사옵니다. 저희와 비슷한 능력을 지닌 종족이 옵니다. 다만 이들은 저희처럼 순수한 창조가 아닌 이 나노 머신을 이용한 창조에 특화된 종족이옵니다."

"그렇군. 어쩐지, 그래서 그런 일들을 하고 있었군."

"네? 혹시 홍익인간에 관해 말해 준 종족이 그놈들이옵니 까?"

흑치상의 물음에 영웅이 고개를 끄덕였다.

"내가 자신들의 유일한 희망이라더군."

"네? 폐하가 그놈들의 희망이라고 말하였단 말이옵니까? 혹시……. 그놈들도 무라트족에게 잡혀 있사옵니까?"

영웅은 다시 고개를 끄덕였다.

"대충 이해가 되옵니다. 무라트족이 앨런족을 이용해 저희를 찾으려는 심산일 것이옵니다."

"잘 아네. 그도 그렇게 말했어."

"무라트족의 행동 패턴은 뻔하옵니다. 그들은 분명 우리와 비슷한 능력을 지닌 종족을 찾았을 것이옵니다. 그런 종족은 우주에 몇 없사옵니다."

"그런데 이것을 만든 것이 나노 머신이라면 왜 앨런족은 이 사실을 모르는 거지?"

"죄송하옵니다. 나노 머신에 대해선 신도 아는 바가 없어서……. 나중에 그들을 만나면 물어보시옵소서."

"그보다……. 그 말투 좀 거슬리는데 그냥 평범하게 해."

"아, 알겠사옵니다."

"또! 또!"

"아, 알겠습니다."

"그래, 앞으로 그렇게 말해."

"알겠습니다."

"좋아. 일단 웜홀을 찾아 두었으니 이제 사람을 찾아봐야지. 너는 어쩔 거야?"

"소신은 일단 다른 종족에게 이 사실을 전하고 앞으로의 일을 준비하겠습니다."

흑치상의 말에 영웅이 고개를 끄덕였다.

"그래, 그럼 그렇게 해. 나중에 보자고."

"신에게 연락하실 일이 있으시면 그 청동거울에 폐하의 기운을 불어 넣으시면 됩니다. 그러면 알아서 작동할 것입니다."

"알았어."

"그럼 신은 앞으로의 일들을 준비하기 위해 이만 물러가겠습니다. 폐하를 보필하지 못하는 신을 용서하십시오."

"괜찮아. 놀러 가는 것도 아닌데 그런 것까지 일일이 사과할 필요 없어."

"황은이 망극하옵니다!"

"그거 하지 말라니까."

"화, 황공……. 아니 송구합니다."

"가 봐, 바쁠 텐데."

"알겠습니다, 폐하. 아직 폐하의 힘은 완전한 것이 아니니 언제나 조심 또 조심하십시오."

흑치상은 가기 전에 수십 번도 넘게 조심하라고 강조하고 또 강조했다.

무엇 때문인지 잘 알기에 영웅은 웃으며 고개를 끄덕였다.

그런 영웅을 두고 가야 하는 것이 마음에 걸리는지 돌아보고
또 돌아보며 사라지는 데만 한참이 걸린 흑치상이었다.

"휴우, 이제 갔네."

영웅이 이마의 땀을 닦는 흉내를 내며 한숨을 쉬자 옆에 있
던 아더와 킬라쉬가 존경하는 눈빛으로 영웅을 바라보았다.

"대, 대단하십니다! 주인이 엄청난 인간이라는 것을 알았
지만 창조신의 왕이라니요!"

"맞습니다! 주인님을 모시게 된 것은 용생 최대의 행운입
니다!"

두 드래곤은 흥분한 얼굴로 호들갑을 떨며 영웅을 추켜세
웠다.

지금까지는 흑치상의 눈치를 보느라 조용히 있었던 것이
다.

"저, 정말 대단한 경험이었습니다. 와, 정말로 아무것도
못 하겠더라니까요?"

"맞습니다. 신이라는 존재가 있다고 어렴풋이 알고는 있
었지만 실제로 만나니 정말로 엄청난 존재였습니다. 그런데
그런 엄청난 존재도 쩔쩔매는 주인님은 얼마나 엄청나신지
감도 잡히지 않습니다!"

두 드래곤의 호들갑에 영웅이 미소를 지으며 말했다.

"대단하냐? 그럼 앞으로 더 잘해."

"넵!"

"알겠습니다!"

"대답들은 잘해요. 자, 인제 그만 호들갑 떨고 일이나 마무리하자."

"네!"

우렁찬 대답을 뒤로하고 영웅은 주변을 둘러보았다.

그의 초신안으로 주변 상황부터 파악하기 시작한 것이다.

"흠, 생각보다 분위기는 평화로운데?"

"그 외계 종족이라는 것이 물러간 것이 아닐까요?"

"자세한 건 사람들이 있는 곳으로 가서 알아보자."

영웅은 근처의 대도시로 보이는 곳으로 이동했다.

외계 종족의 침공으로 인해 파괴를 당했는지, 여기저기 무너지고 파괴된 건물들이 도시의 사방 곳곳에서 보였다.

하지만 그곳에 있는 사람들은 딱히 신경 쓰지 않는 듯이 태연하게 생활하고 있었다.

다만 한 가지 이상한 점은 다들 잔뜩 움츠러든 채로 주변을 두리번거리며 다급하게 움직이고 있다는 점이었다.

"다들 신경이 엄청 예민해 보입니다."

아더의 말에 영웅이 동감한다는 표정으로 고개를 끄덕였다.

"무언가에 쫓기는 듯해 보이는데?"

"모르지. 그들에 대한 정보가 전혀 없으니까."

"일단 정보를 얻어야 하는데……. 이곳에 대한 것은 전혀 알 수가 없으니 어디서부터 시작해야 할지……."

"일단 상황을 지켜보자. 저 사람들이 왜 저러는지 지켜보면 이유를 알 수 있겠지."

"알겠습니다."

그렇게 영웅과 드래곤들은 한 곳에 자리를 잡고 앉아 사람들의 움직임을 관찰하기 시작했다.

그렇게 어느 정도 시간이 지났을까?

누군가가 영웅이 있는 곳을 힐끔 보더니, 주변을 두리번거리기 시작했다.

그러더니 영웅이 있는 곳으로 다급한 표정으로 달려오는 것이 아닌가.

"다, 당신들 미쳤어? 여, 여기서 이러고 있으면 어떡해?"

다행히 말은 통했다.

말이 통한다는 사실을 알고 미소를 짓자 남자가 황당한 표정으로 다시 다그쳤다.

"이 사람들이 미쳤나? 지금 웃음이 나와? 해가 지고 있는 것이 안 보여?"

"해가 지면 무슨 일이 일어납니까?"

"뭐? 지금 그걸 질문이라고 하는 거야?"

"네. 제가 세상에 나온 지 얼마 되지 않아서 지금 이 상황이 적응되질 않네요."

"세상에 나온 지 얼마 안 되다니? 세상이 변한 지 십수 년이 지났는데? 그동안 어디 오지에라도 있었던가?"

"그렇습니다. 지질 연구를 한다고 지하 깊숙한 곳에서 생활하다가 위와 연락이 되질 않아 올라와 봤더니 세상이 이렇게 바뀌어 있네요. 그래서 이게 무슨 일인가 싶어 멍하니 바라보고 있었습니다."

영웅은 즉석에서 지어낸 이야기를 눈앞의 남자에게 말했다.

남자는 미심쩍은 표정을 지으면서 영웅의 위아래를 훑어보며 말했다.

"이, 일단 그렇다고 치고 지금 이러고 있을 시간 없으니 어서 움직이시오!"

남자의 다급한 외침에 일단 따르기로 하고 그를 따라 다급하게 움직였다.

"세상에 무슨 일이 있었습니까?"

"일단 쉘터로 가서 이야기해 주겠소. 어서 따라오시오!"

남자를 따라 움직이며 주변을 둘러보니 다들 공포에 질린 표정으로 어딘가를 향해 달려가고 있었다.

그렇게 한참을 달려가니 저 멀리 방공호처럼 보이는 곳으로 사람들이 우르르 몰려 들어가는 것이 보였다.

그 앞에는 빨간 천으로 입을 가린 사람들이 확성기를 들고 서두르라고 윽박지르고 있었다.

"빨리빨리 움직이란 말이야!"

"시간이 지나면 가차 없이 문을 닫을 겁니다!"

수많은 사람이 방공호로 들어가는 모습은 개미 떼가 개미굴로 들어가는 모습 같았다.

그때 자신들을 데리고 이동하던 남자가 서두르다 그만 돌부리에 걸려 넘어졌다.

퍽– 쿠당탕탕–!

"크흑!"

남자는 고통스러운 표정으로 바닥을 데굴데굴 굴렀다. 달리던 속도가 있었기에 그 속도 그대로 빠른 속도로 바닥을 굴렀다.

그러다가 길 한쪽에 있던 바위에 다리를 부딪혔고 다리에서는 둔탁한 소리가 크게 들렸다.

쩍–!

"끄아아아악!"

아무래도 다리가 부러진 모양이었다.

남자는 극심한 고통에 몸부림을 치며 고통에 찬 비명을 내질렀다.

그 모습에 영웅이 다급하게 달려가 남자를 부축하고 물었다.

"괜찮으세요?"

"끄으윽!"

남자는 고통스러운지 연신 앓는 소리를 내며 대답을 하지 못했다.

그러다가 이를 악물고 영웅을 바라보며 말했다.

"크흑! 나, 나를 부축하고 가기엔 시간이 없소. 그, 그러니 나를 두고 저, 저기 보이는 쉘터 입구로 어서 뛰어가시오. 그, 그대들만이라도 살아남으시오."

"그럴 순 없습니다."

"어서 가라고! 저기 노을이 지는 것이 안 보여? 저 노을이 사라지고 어둠이 내려오면 다 죽는다고! 어서 움직이라고, 병신들아!"

남자는 충혈된 눈으로 고통을 참으며 크게 소리를 질렀다.

분명 말하는 투를 봐서는 위험한 상황인데도 자신을 희생하고 다른 이를 살리려는 모습이 영웅을 웃게 했다.

반면에 남자는 영웅이 움직일 생각을 하지 않고 오히려 미소를 짓자 울화통이 터졌다.

아무리 오랫동안 세상과 단절을 하고 살았다고는 하지만, 이렇게 말이 안 통하다니 답답할 노릇이었다.

이런 놈들을 살리겠다고 괜히 오지랖을 떤 것은 아닌가 후회도 되었다.

그런 그에게 영웅이 그를 부축하며 말했다.

"가도 같이 가야죠. 어찌 저희만 갑니까."

영웅의 말에 남자가 입술을 꽉 깨물며 답했다.

"크흑! 느, 늦었어. 아까 내가 말했을 때 뒤도 돌아보지 말고 뛰었어야지. 저길 봐. 마지막 사람이 들어가고 있어. 이제 저 문은 곧 닫힐 것이고, 저들은 우리를 기다려 주지 않을 거야."

남자의 말이 끝나고 잠시 후 문 앞에 서 있던 남자들은 영웅 일행을 잠시 바라보더니 이내 고개를 저으며 안으로 들어갔다.

남자들이 사라지자 안쪽에서 두꺼운 철문이 아래로 내려오며 입구를 막았다.

그것으로도 부족해서 바깥에 있던 두꺼운 철문까지 자동으로 닫히고 있었다.

무언가를 막기 위해 이중 삼중으로 입구를 막고 있는 것 같았다.

그것을 바라보던 남자가 고통도 잊었는지 자조 섞인 웃음과 함께 중얼거렸다.

"빌어먹을……. 괜한 오지랖으로 개죽음을 당하게 생겼군."

남자의 중얼거림에 영웅이 물었다.

"이곳에 남으면 많이 위험합니까?"

영웅의 물음에 남자가 분노한 표정으로 영웅을 노려보며

말했다.

"병신 같은 새끼야! 아까 내가 그렇게 다급하게 움직이는 이유가 뭐였겠어! 당연히 바깥이 위험하니까 살려고 그렇게 발버둥을 친 것이 아니겠냐고! 이 머저리 같은 새끼야! 눈치가 그렇게 없냐?"

남자가 분노에 찬 목소리로 영웅에게 쏘아 대자 옆에 있던 아더와 킬라쉬의 표정이 급격하게 굳어 갔다.

그들의 기파가 차갑게 변하는 것을 감지한 영웅이 재빨리 그들에게 텔레파시를 보냈다.

─가만히 있어.

막 움직이려는 찰나 들려온 영웅의 목소리에 둘은 멈칫거리더니 이내 다시 자세를 바로 했다.

"죄송합니다. 저희가 최대한 당신을 구해 드리겠습니다."

영웅이 90도로 고개를 숙이며 사과하자, 남자는 그것을 가만히 지켜보다가 이내 한숨을 쉬고는 바닥에 털썩 주저앉았다.

"끄으윽! 젠장! 더럽게 아프네. 됐수다! 인제 와서 화를 내 봐야 뭐 하겠소. 다 같이 죽을 판인데."

"일단 그 다리부터 치료해 드리죠."

"하하하. 의사쇼? 말도 안 되는 소리를 하시는구려. 이 세상에 의사 놈들은 저 어딘가에 자기들만의 왕국을 만들어 놓고 사는 잘난 양반들을 위해서만 존재하지."

"의사는 아니지만 이건 치료할 수 있지요. 큐어."

즈으으응—!

영웅은 하얗게 변한 자신의 손을 남자의 부러진 다리 쪽으로 조심스럽게 가져다 대었다.

그 모습에 남자가 놀란 눈을 하고는 물었다.

"혹시 능력자요? 세상이 이렇게 변하고 난 뒤에 특별한 능력을 갖춘 이들이 태어났다는 소리는 들었소만, 이렇게 직접 볼지는 몰랐구려."

"능력자는 또 뭡니까?"

"거참 궁금한 것이 많은 양반이구면. 아따 시원하다……. 내 너무 기분이 좋아서…… 자, 잠시만…… 잠시만 이러고 있겠소."

남자는 다리에서 느껴지는 기분 좋은 느낌에 잠시 눈을 감고 그것을 즐겼다.

그렇게 잠시간의 시간이 지나자 남자의 다리는 언제 그랬냐는 듯이 멀쩡한 모습으로 변해 있었다.

그것을 본 남자가 신기한 표정으로 자신의 다리와 영웅을 연신 번갈아 가며 바라보았다.

"허! 정말 신기하군. 어찌 되었든 고맙소. 일단, 다리가 멀쩡해졌으니 어서 이곳을 피합시다. 해가 완전히 지기 전에 어디 건물이라도 들어가서 숨어야 하오."

남자는 신기한 표정을 짓다가 이내 정신을 차리고 영웅 일행을 데리고 근처에 있는 건물들로 재빠르게 이동했다.

모든 것을 체념한 듯한 표정을 짓고 있던 아까와는 완전
다른 모습이었다.

영웅이 그의 몸 안에 불어 넣은 기운이 침울했던 기운까지
전부 날려 버린 것이다. 덕분에 남자는 다시 삶의 의욕이 불
타올라 이렇게 적극적으로 변했다.

"저기요! 내가 항상 이런 날이 올까 싶어 고이 간직해 둔
비밀 장소요. 옛날에는 은행이었다더군. 저기에 엄청 두꺼운
금고가 있으니 그곳으로 피하면 하룻밤 정도는 어찌어찌 버
틸 수 있을 거요. 어서 갑시다."

남자는 영웅 일행을 뒤로하고 건물 안으로 달려가 두꺼운
금고 문을 끼끽거리며 닫기 시작했다.

"제가 도와드리죠."

영웅은 재빨리 남자를 도와 금고의 문을 닫았다. 그런데
무언가 이상했다. 금고 속으로 숨자고 해 놓고 바깥에서 문
을 닫아 버리면 어찌 들어간단 말인가.

금고문을 닫은 남자는 옆에 놓여 있는 사다리를 타고 위로
올라가기 시작했다.

"뭐 하시오? 어서 오지 않고. 위쪽에 금고 안으로 들어가
는 입구를 만들어 놓았소. 자, 서두르시오."

의문은 곧 풀렸다.

남자는 혹시 모를 상황을 대비해 금고 위쪽을 뚫어 입구를

만들어 두었던 것이다.

좁은 천장 위로 올라가니 겨우 사람 하나 들어갈 공간의 구멍이 보였다.

"숨구멍 역할도 하고 입구 역할도 하는 구멍이오. 자, 나를 따라 들어오시오."

금고 속으로 들어오자 남자는 주머니에서 작은 등을 꺼내 불을 밝혔다.

"휴, 이제 좀 한숨 돌리겠군."

그 말과 함께 남자가 벽 쪽으로 터벅터벅 걸어가더니 그 안에 있는 지폐들을 대충 모아서 바닥에 깔고 누웠다.

"이제 좀 쉬시오. 여기서부턴 운명에 맡겨야 하니까."

"도대체 무슨 일이 있었던 겁니까?"

영웅의 물음에 남자가 한숨을 쉬더니 다시 일어나 앉았다. 그리고 영웅을 바라보더니 고개를 흔들며 말했다.

"말해 주지 않으면 밤새워 물을 기세군. 좋소! 어차피 밤도 길고…… 딱히 할 것도 없으니 말해 주리다. 10년 전 이맘때쯤이었나? 정원에 물을 주고 있는데 난데없이 공습경보가 요란하게 울리더이다. 처음에는 그냥 무시하고 넘어가려 했는데, 거리에 있는 모든 전광판에 대피하라는 경고 문구가 뜨더군요. 저를 포함해서 동네 사람들이 전부 어리둥절하게 서 있었죠. 그 순간 하늘 위 잘 보이지도 않는 높이에서 무언가가 번쩍거리더군요."

남자는 그때를 회상하며 천장을 바라보았다.

"이내 요란한 폭음이 들려왔고 거대한 기체들이 지면으로 추락하기 시작하더군…… . 그것을 보고 그때야 깨달았지. 아! 말로만 듣던 우주 전쟁이구나! 정말로 다른 외계 종족이 존재했구나. 그 뒤로는 정신없이 움직이느라 자세히는 기억이 나질 않는군요. 암튼, 어찌어찌 대피소로 이동해서 전투 소식에 모든 신경을 집중하고 있는데, 외계 종족들의 침략을 막았다는 소식이 전해지더군요. 다들 만세를 부르며 서로를 껴안았소."

남자는 잠시 그때의 기분을 다시 생각하며 웃었다.

"그때는 이제 우리에게 다시 평화가 찾아왔다고 믿었었지. 하지만…… . 우리가 승리했다고 선언했던 놈들은…… 그저 선발대…… . 아니, 선발대도 아니었소. 행성을 조사하러 온 조사단이었다더군. 겨우…… 조사단을 상대로 간신히 이긴 것이었소. 그 뒤로 2년간은 평화로웠지."

그러다가 남자가 주먹을 불끈 쥐며 바닥을 강하게 내리쳤다.

쾅─!

"그런데! 빌어먹을 지구 연합 정부 개자식들은 우리를 속였어! 자신들은 알고 있었던 거야! 저 멀리 외계인들의 본대가 오고 있다는 것을! 그들이 언제쯤 지구에 도착하는 것까지 말이야! 그 빌어먹을 놈들은…… . 소문에 의하면 자신들만 살기 위해 지구 지면 아래도 땅을 파고 들어갔다고 하더군요. 그리고 공사에 참여했던 사람들을 모조리 죽였다고 합니다. 자신들이 있는 그 위치를 아무도 알지 못하도록 말이오."

남자는 울분에 찬 목소리로 언성을 높이다가 이내 마음을 진정하고 다시 말을 이어 나갔다.

"그래도 깨어 있는 사람들이 많았던 탓에 지상에 남은 지구인들은 적들과 일전을 하기 위해 준비를 했소. 수많은 과학자가 힘을 합쳐 적들과 싸울 무기들을 제작하였고 일반인들은 외계인들과의 전투를 준비하며 혹독한 훈련을 견뎠고……. 그중에는 나도 있었소. 그리고 그들이 지구에 도착했지. 외계 종족과의 전투는……. 한 달도 버티지 못하고 지구인의 80%가 전멸하며 패배하였소. 남아 있던 지구인들은 지금처럼 이렇게 숨어 살고 있고……."

"숨어 사는 것까진 이해가 되는데 왜 낮에는 밖에서 활동하고 해가 지면은 다들 대피하는 겁니까?"

"아, 그거……. 처음에는 모두 꼭꼭 숨어 있었소. 외계 종족 놈들은 처음에 이곳저곳을 뒤지고 다니며 인간들을 찾아내려 했지만 워낙에 사방팔방에 퍼져 있어서 그런지 얼마 안가 포기를 하는 것 같더군. 어느 날 정찰대에서 외계 함선들이 전부 보이지 않는다는 정보를 들고 돌아왔소. 처음에는 믿지 않았지만 계속해서 들어오는 똑같은 소식에 사람들이 밖으로 사실 확인을 하기 위해 나왔지."

말을 하던 남자의 표정이 급격하게 어두워지더니 두 손으로 얼굴을 감싸고는 두려운 표정을 지으며 말했다.

"처, 처음에는 평화로운 나날들이 지속됐어. 정말로 외계 종족의 모습을 보이지 않았으니까……. 그, 그런데……. 어느 날 밤에 그들이 몰려왔소."

"그들?"

"그, 그렇소. 그들……. 온갖 종류의 크리처들……."

"크리처? 그게 무엇입니까?"

"괴물이오! 마, 말도 안 되는 괴물들! 그 빌어먹을 외계인 놈들은 물러간 것이 아니었소! 일일이 찾기가 귀찮아서 인류를 모조리 박멸하기 위해 손쉬운 방법을 택한 거였소. 바로, 그 괴물들로 하여금 우리를 모두 잡아먹으라고 해서 말이오!"

크리처라는 말을 함과 동시에 남자는 두 손을 더욱더 세차게 꽉 움켜쥐고 몸을 웅크렸다.

그의 동공은 세차게 흔들리고 있었고 그의 몸은 두려움으로 덜덜 떨리고 있었다.

그런데도 남자는 무언가에 홀린 듯이 말을 계속 이어 나갔다.

"그, 그런데 그놈들은 특이하게도 환한 대낮에는 활동하지 않는다오. 야행성인지 어떤지 모르겠지만 이렇게 환한 대낮에는 그놈들이 활동하지 않소. 그래서 쨍쨍한 낮에는 사람들이 나와서 활동을 했던 것이오."

"아니, 위험을 감수하고서라도 나와서 활동하는 이유가 무엇입니까?"

영웅의 물음에 남자가 피식 웃으며 말했다.

"살아야 하니까……. 살기 위해서……. 우리가 살기 위해선 음식이 필요하오. 그 음식은…… 지하가 아닌 대지 위에 존재하지. 외계인 놈들과 크리처들은 식물과 동물은 건드리지 않더군. 오로지 인간만을 공격하오. 아무튼, 그래서 이렇게 해가 쨍쨍한 날에는 사냥도 하고 식용이 가능한 식물도 채취해서 식량을 마련하고 있소. 아까 보셨는지 모르겠지만, 도시는 거대한 정글처럼 변한 상태요. 온갖 종류의 동물들이 판을 치고 있지. 인간들이 사라진 지구는……. 그런 동물들의 천국이 되었고 우리는 그러한 동물들을 사냥하며 음식을 확보하는 중이오."

이곳의 사람들은 원시시대의 수렵 활동과 비슷한 활동을 하고 있었다.

포식자들을 피해 동굴 속에 숨어 있다가 먹이를 찾아 위험을 감수하고 나오는 사람들.

뒤에 보이는 건물들만이 예전에 인간들의 화려했던 시절을 알려 주는 듯했다.

그렇게 대화를 나누며 시간을 보내고 있을 때, 어디선가 이상한 소리가 들려왔다.

토토토토토토-!

"응? 이게 무슨 소리지?"

영웅이 고개를 갸웃거리며 두리번거렸다.

"뭔가가 기어 다니는 소리 같기도 하고……."

"쉿! 조, 조용히 하시오! 그, 그놈들이오. 그놈들이 활동을 시작했소!"

"그놈들?"

"내가 아까 말한 크리처들 말이오. 조용히 하시오, 조용히……."

남자는 공포에 질린 얼굴을 하고는 손가락을 입에 가져다 대었다.

'이게 그놈들이 돌아다니는 소리라고? 궁금하네. 어찌 생겼으려나?'

영웅은 곧바로 초신안을 이용해 벽면을 투시하기 시작했다.

'저게 뭐야? 게? 가재? 전갈?'

투시해서 본 바깥에는 가재처럼 생긴 생명체들이 돌아다니고 있었는데 얼굴은 사마귀의 형상을 닮았고 몸체는 바닷가재와 전갈을 섞어 놓은 듯했다.

문제는 그것들의 크기였다.

중형 자동차만 한 크기의 몸집을 가진 채 날카로운 사마귀 얼굴로 주변을 열심히 체크하듯 다니고 있었다.

그중 한 마리가 은행 쪽을 바라보더니 이내 방향을 틀고는 금고를 향해 맹렬하게 달려오기 시작했다.

쾅-!

돌진하던 그 속도 그대로 금고의 문에 자신의 몸을 부딪치는 크리처였다. 꿍음이 날 정도로 강하게 부딪쳤음에도 크리처의 몸에는 그 어떤 상처도 나지 않았다.

한 번의 충돌로는 성에 안 차는지 다시 뒷걸음질하며 돌진할 준비를 하는 크리처.

토토토톡-!

쾅-!

이번에는 아까보다 더 강하게 달려와 부딪쳤는지 금고 안이 울리기 시작했다.

웅웅웅-!

꿍음과 함께 금고가 울리자 남자는 공포에 질린 표정으로 구석에 웅크린 채 덜덜 떨기 시작했다.

쾅-!

티캉-!

또다시 꿍음이 울리며 금고가 흔들렸고 무언가 떨어져 나가는 소리가 들렸다.

영웅이 고개를 돌려 문 쪽을 바라보니 금고 문이 덜렁거리고 있었다.

덜렁거리는 금고 문을 본 것은 영웅뿐만이 아니었다.

구석에서 떨고 있던 남자 역시 금고 문이 흔들리고 있는 것을 본 것이다.

"아, 안 돼……. 제, 제발……. 시, 신이시여……. 정말로 존재하신다면 제발……. 이렇게 빕니다! 제발!"

남자는 어딘가에 있을 신을 향해 엎드린 채 빌고 또 간절히 빌었다.

토토토토토-!

쾅-!

끼이이잉- 쿵-!

다시 한번 충격이 일어나고 덜렁거리던 금고 문이 천천히 바깥으로 기울더니 이내 바닥에 떨어졌다.

따각따각따각-!

떨어진 금고문 뒤로 거대한 크리처가 인간들을 발견해서 신이 났는지 자신의 집게발을 마구 부딪치고 있었다.

그 모습을 본 남자가 공포에 질린 얼굴로 뒷걸음질을 치며 말했다.

"매, 맨피온!"

"맨피온?"

"비, 빌어먹을 저놈의 껍데기는 지구상에 그 어떤 거로도 파괴되지 않는 강도를 지니고 있소! 아, 아마 저 몸을 믿고 금고에 박치기했을 것이오. 이제 끝이오! 저, 저놈은 약점이란 것이 없는 놈들이오!"

"그래요?"

따가따가따가—!

토토토토—!

맨피온이라 불리는 크리처가 집게발을 마구 부딪치며 금
고 속으로 들어오려고 했다.

하지만 덩치 때문에 들어오지 못하고 입구에 계속 걸려 있
었다.

그것을 본 남자가 재빨리 영웅 일행에게 말했다.

"다, 다행이다. 그, 금고 문이 작아서 놈이 들어오질 못하
오. 어, 어서 위, 위로 피합시다!"

남자는 그리 말하고 다급하게 천장으로 나가려 했다.

그런데 영웅 일행이 따라오질 않았다.

공포에 발이 굳었다고 생각한 남자가 잠시 고민을 하더니
이내 다시 고개를 돌려 영웅에게 다가가며 외쳤다.

"정신을 차리시오! 이렇게 멍하니 있으면 정말로 죽는단
말이오!"

남자는 그리 외치며 영웅의 얼굴을 바라보았다.

그런데 그의 표정은 공포에 질린 얼굴이 아니었다.

호기심 가득한 얼굴이랄까?

처음 보는 장난감을 본 어린아이의 표정이 저럴까?

잔뜩 상기된 표정으로 맨피온을 바라보는 영웅이었다.

남자는 지금 이게 무슨 상황인지 인지하지 못한 채 영웅을
바라보았다.

그러자 영웅이 남자를 바라보며 물었다.

"근데 저거 먹을 수는 있나요?"

"……네?"

상상도 하지 못했던 질문이라 남자는 일순간 말문이 막혔
다.

어버버하다가 이내 고개를 흔들어 정신을 차리고 말했다.

"미쳤소? 내가 아까 하는 이야기를 어디로 들은 거요? 저
놈의 껍데기를 파괴할 수 있는 것은 세상에 존재하지 않는단
말이오! 총, 미사일, 레이저 그 어떤 것도 저것을 파괴하지
못했단 말이오!"

어찌나 처절하게 외치는지 더 말했다가는 각혈을 할 기세
였다.

그런 남자의 말을 뒤로하고 영웅은 천천히 금고 문으로 들
어오려고 애쓰는 맨피온에게 다가갔다.

"머, 멈추시오! 미, 미쳤어? 당신?"

남자의 말에도 아랑곳하지 않고 영웅은 맨피온을 향해 걸
어갔고 맨피온은 집게발을 밀어 넣어 자신에게 다가오는 영
웅을 잡으려고 버둥거렸다.

콱―!

그 순간 영웅이 손을 내밀었고 맨피온은 영웅이 내민 손을

집게발로 꽉 잡았다.

그 모습을 본 남자가 머리를 쥐어뜯으며 외쳤다.

"그것 봐! 내가 뭐라고 했어! 멍청한 자식아!"

남자는 이제 영웅이 맨피온에게 끌려 나가 잡아먹히리라 생각하며 끔찍한 장면을 보지 않기 위해 눈을 질끈 감고 고개를 숙였다.

빠각-!

자기 생각과는 다른 소리가 들려오자 남자가 고개를 들어 금고 문 쪽을 바라보았다.

남자의 눈에 믿을 수 없는 장면이 비쳤다. 절대로 파괴되지 않는다고 알려진 맨피온의 집게발이 떨어져 나와 영웅의 손에 들려 있었다.

영웅은 그것을 아무렇지도 않게 요리조리 돌려 보며 관찰을 하더니, 손에서 떼어 내서 옆에 있던 아더에게 던지며 말했다.

"이거 한번 익혀 봐. 왠지 느낌이 엄청 맛있을 것 같아."

"흐흐흐, 저도 같은 생각이었습니다. 마침 출출하던 차였는데 잘됐습니다. 파이어!"

화르르륵-!

아더의 손에서 순식간에 불길이 올라오더니 맨피온의 집게를 휘감았다.

"헉! 저, 저게 뭐야!"

남자는 놀란 얼굴로 아더의 손 위에 집게를 바라보았다.

금고문에 끼어 있던 맨피온도 놀랐는지 움직임을 멈추고 그것을 바라보고 있었다.

불길이 얼마나 센지 맨피온의 집게는 순식간에 빨갛게 익었고 하얗게 변한 속살에선 맛있는 냄새가 솔솔 올라왔다.

"음! 향기 좋네."

영웅이 입맛을 다시며 하얀 속살을 떼어 내 입으로 가져갔다.

오물 오물 오물-!

꿀꺽-!

입으로 가져가 오물거리며 씹고는 삼킨 뒤에 몸을 부르르 떠는 영웅이었다.

아더와 킬라쉬는 놀란 표정으로 영웅을 바라보며 외쳤다.

"주인!"

"주인님!"

그들의 소리에 눈을 번쩍 뜬 영웅이 이내 황홀한 표정으로 변하며 입맛을 다셨다.

"우와, 미친! 이거 대박! 와! 이거는 말로 설명이 안 된다. 먹어 봐!"

영웅의 말에 아더와 킬라쉬도 재빨리 손을 뻗어 하얀 속살을 뜯어내 입으로 가져갔다.

그리고 그들 역시 영웅과 같은 반응을 보였다.

"우와! 이거 뭡니까? 세상에 이런 맛이라니!"

"진짜 엄청 맛있습니다!"

"그치? 그치? 역시 내 생각이 맞았어. 얘들은 엄청 맛있는 놈들이야."

"흐흐흐, 밖에 많은 거 같은데요? 모조리 잡을까요?"

"맞습니다. 언제 또 올지 모르니 최대한 많이 잡아서 아공간에 넣어 두고 싶습니다."

세 사람은 금고 문에 끼어 있는 맨피온을 바라보며 침을 꿀꺽 삼켰다.

그들의 눈빛을 본 맨피온이 갑자기 발버둥을 치며 도망을 치려 했다.

"마, 맙소사……. 내가 지금 꿈을 꾸는 건가? 매, 맨피온의 꺼, 껍데기를 저렇게 가볍게 뜯어내는 것도 부족해서…… 그, 그걸 먹는 인간이라니……. 거기에…… 저 맨피온이 공포를 느끼고 도망치려고 한다고?"

남자는 너무도 충격적인 장면에 바닥에 주저앉은 채 멍한 얼굴로 중얼거렸다.

그러거나 말거나 이미 맨피온의 맛에 눈이 뒤집힌 셋은 일단 눈앞에 있는 맨피온부터 서둘러 잡았다.

빠각-!

세상에 그 무엇도 박살을 낼 수 없다는 맨피온의 외피가 과자 부서지듯이 너무도 쉽게 깨져 나갔다.

"뭐야? 엄청 단단하다고 해서 힘을 줬더니······. 그냥 박살 나는데?"

"주인! 인간들이 생각하는 기준에 주인을 대입하면 안 된 다니까요!"

"에이씨, 이게 뭐야. 더럽게 약하네. 아니, 이걸 박살을 못 내서 얘들한테 털렸다고?"

영웅은 등 껍데기가 박살이 난 채 바닥에서 꿈틀거리는 맨 피온을 바라보며 투덜거렸다.

그리고 주저앉아 있는 남자를 바라보았다.

"히익! 저, 저는 그, 그냥 드, 들은 대로 마, 말씀을 드린 것뿐입니다! 저, 정말입니다!"

맨피온이 문제가 아니었다.

맨피온을 과자 부수듯 박살을 내는 인간들이라니. 지금 가 장 위험한 것은 바깥에 바글거리는 맨피온이 아니라 눈앞의 인간들이었다.

그런 남자의 반응에 영웅이 피식 웃으며 말했다.

"에이. 긴장하지 마요. 우린 한 팀이잖아요."

"그, 그렇죠? 하하······."

"일단 여기서 좀 쉬고 있어요. 배고프면 거기에 둔 그거 드시고요. 저는 얘네들이랑 밖에 있는 맛있는 재료들을 좀 수집하고 올게요."

"네? 네! 아, 알겠습니다! 저, 저는 신경 쓰지 마시고 야,

양껏 사냥하고 오십시오."

남자의 말에 영웅이 미소를 지으며 고개를 끄덕이고는 아더와 킬라쉬를 데리고 밖으로 나갔다.

홀로 금고에 남은 남자는 영웅이 두고 간 맨피온의 고기를 바라보며 중얼거렸다.

"이, 이걸 먹으라고?"

아직 마음의 준비가 되지 않은 남자는 잠시 마음을 진정시키기 위해 눈을 감고 심호흡을 했다.

그때 바깥에서 무언가 박살이 나는 소리와 함께 생전 처음 맨피온들의 비명을 듣게 됐다.

끼에에에엑-! 케에에엑-!

뿌가각-! 빠각-!

토토토토톡-

"저기 저놈 도망간다! 잡아!"

"으헤헤헤헤! 거기 서라! 맛있는 놈들아!"

"저기 저놈은 엄청 통통합니다! 맛있겠다! 거기 서라!"

언제나 공포의 존재였던 맨피온이 오늘은 반대로 자신들을 잡아먹는 포식자를 만난 날이었다.

5장

광란의 밤이 지난 후.

금고 안은 맨피온 껍데기로 산을 이루고 있었다.

츕츕-!

영웅과 아더, 킬라쉬가 이쑤시개를 입에 물고 배를 쓰다듬고 있었다.

"이야, 진짜 맛있네요. 배가 불러도 계속 들어가는 마성의 맛이라니."

"그러니까. 이거 저쪽 세상에 가서 팔면 엄청 대박이지 않겠어?"

"대박이 문제입니까? 부르는 것이 값이라고 해도 사 먹을 것 같습니다."

"야, 많이 잡았지?"

"네! 이 근처에 있는 놈들은 모조리 잡았습니다. 대략 2천 마리 정도 잡은 것 같네요."

"덩치도 있어서 고기도 많이 나오니 오랫동안 즐길 수 있을 것 같습니다."

"이런 거 더 없나?"

셋의 대화를 옆에서 듣고 있던 남자는 아직도 꿈을 꾸는 것 같은 표정으로 그들을 바라보고 있었다.

아까 여기 금고 속으로 들어올 때까지만 해도 공포의 존재였던 맨피온이 지금은 저기 앉아서 만족스러운 미소를 짓고 있는 괴물들의 먹이가 되어 사라졌다.

그것도 모조리 말이다.

그들은 대화를 하다 말고 남자를 바라보았다.

"참! 우리 아직 서로 소개도 안 하고 있었네요. 저는 강영웅이라고 합니다."

"네? 네! 저, 저는 게이츠라고 합니다!"

"아! 게이츠 씨였구나. 그런데 왜 통 안 드세요? 입맛이 없어요? 그거 진짜 맛있는데…….."

영웅의 말에 게이츠는 자신 앞에 있는 맨피온 고기를 바라보고는 재빨리 입으로 밀어 넣었다.

"아, 아닙니다! 지, 지금 먹으려고 했습니다! 우걱우걱!"

눈을 질끈 감고 입 안으로 욱여넣었는데, 갑자기 입 안에서 지금까지 한 번도 느껴 보지 못했던 황홀함이 밀려오기 시작했다.

"헉! 이, 이것은!"

남자는 너무 놀라서 눈을 동그랗게 뜬 채 자신의 손에 들려 있는 맨피온 고기를 바라보았다.

얼마나 연하고 부드러운지 입 안으로 들어가자마자 녹아내려가는 기분이었다.

게이츠는 자신도 모르게 황홀한 눈빛으로 맨피온 고기를 다시 허겁지겁 먹기 시작했다.

그렇게 한참 동안 게걸스럽게 먹고는 배가 부른지 바닥에 주저앉아 자신의 배를 두드리며 트림하는 게이츠였다.

"꺼억! 진짜 잘 먹었다. 후아!"

"어때요? 맛있죠?"

"네! 이, 이렇게 맛있다니……. 믿을 수가 없습니다."

"원래 처음엔 다 그런 법이죠. 우리가 흔히 먹는 고기들도 이런 도전 과정을 거쳐서 먹게 된 것일 테니까요. 이런 것들이 이 세상에 많이 있나요?"

"그, 그렇습니다."

"어떤 것들이 있나요?"

영웅은 초롱초롱한 눈빛으로 물었고 게이츠는 잠시 생각을 하더니 하나둘씩 자신이 아는 것들을 말해 주었다.

"엘리카우라는 소를 닮은 크리처도 있고, 정말로 외계에서 온 것 같은 모습을 한 뱀도 있습니다. 뱃킨이라 불리는 거대한 닭의 형상을 한 괴물 새도 있고요."

"흠, 말로 들어서는 감이 안 오네. 일단 직접 봐야 알 것 같은데. 그놈들도 이곳에 출현하나요?"

"아, 아닙니다. 이, 이곳에는 맨피온만 존재합니다."

"아니, 낮에 활동해도 될 것 같은데 왜 밤에만 활동하지? 특이하네. 뭐, 시간은 많으니까 천천히 알아보자."

영웅은 대수롭지 않은 표정으로 말하고는 바닥에 누웠다.

"일단 한숨 자죠. 눈이 퀭한 것이 많이 피곤해 보이네요. 더는 위협을 주는 놈들이 없으니 안심하고 한숨 자요."

"아, 알겠습니다."

곧바로 누운 영웅은 정말로 순식간에 잠이 들었고 그 옆을 부리부리한 눈으로 열심히 지키는 아더와 킬라쉬였다.

게이츠는 맛있는 것을 원 없이 먹고는, 긴장이 풀렸는지 쏟아지는 졸음을 버티다가 영웅이 잠드는 것을 보고 자신도 픽 쓰러져 잠이 들었다.

다음 날, 다시 날이 밝아지고 사람들이 하나둘 쉘터 밖으로 나오기 시작했다.

사람들의 행동은 모두 같았는데 하나같이 주변을 두리번

거리며 경계심 가득한 얼굴로 나오고 있었다. 다들 피곤함에
절어 수척한 모습이었다.

사실 먹을 것을 구하러 나온다고 해도, 날짐승들이 쉽게
잡힐 리도 없고 식물이라고 해 봐야 인간이 먹을 수 있는 것
이 정해져 있기에 식량을 구한다는 것은 쉽지 않았다.

밤에는 크리처들에 의한 시간 제약에, 낮에는 크리처가 활
동을 하지 않아 안전하다곤 하지만 대신 크리처가 아닌 맹수
들이 인간들을 노리고 돌아다니고 있어 위험한 것은 매한가
지였다.

구할 수 있는 식량을 정해져 있고 사람은 많으니 먹을 수
있는 것이 적어지고 다들 영양부족에 시달렸다.

또 밤마다 맨피온들이 문에 달려들어 부딪치는 소리에 잠
도 제대로 못 자니 상태들이 말이 아니었다.

그런데 어제는 맨피온들이 중간에 물러갔는지 문을 부딪
치는 소리가 들리지 않았다.

"어제는 문소리가 거의 들리지 않은 것 같은데."

"그렇지? 이것들이 또 무슨 일을 꾸미고 있는 거야."

"그래도 덕분에 어제는 푹 잘 수 있었어. 처음이야, 그렇
게 푹 잔 것은."

"하긴, 그놈들이 내는 소리에 노이로제가 걸려서 제대로
못 잤으니……. 설마 물러간 건가?"

"글쎄? 어찌 된 건지 알 수가 없네."

사람들은 밖으로 나와 태양 빛을 즐기며 삼삼오오 모여 어제의 일을 이야기하고 있었다.

그때 저 멀리서 순찰을 하던 사람들의 경악에 찬 목소리가 들려왔다.

"으악! 이, 이게 뭐야!"

"으아악! 매, 맨피온? 매, 맨피온이 왜?"

갑자기 들려온 비명에 사람들은 움찔하다가 이내 호기심에 우르르 몰려갔다.

은행 건물 안으로 들어간 사람들이 비명을 지른 사람들에게 물었다.

"무슨 일인데 그래요?"

"뭡니까?"

"저, 저길 보시오."

비명을 지른 남자가 가리킨 방향을 보니 맨피온으로 보이는 껍데기들이 여기저기 널브러져 있었다.

그것을 본 사람들이 조심스럽게 다가가 그것을 두드렸다.

"매, 맨피온이 맞는데? 아니…… 이 괴물들이 왜 여기 이런 모습으로 있지?"

"여길 봐요. 속이 다 텅텅 비었어요."

"그것도 그렇지만 이걸 봐요! 맨피온의 껍데기가 파괴되어 있어요!"

그제야 사람들은 여기저기 박살이 난 맨피온의 잔해를 볼 수 있었다.

"맙소사……. 절대 깨지지 않는다는 맨피온의 껍데기를…… 부쉈다고?"

"이, 인간은 아닐 것이고…… 새, 새로운 종류의 크리처가 나타난 건가?"

"크리처들끼리 서로 잡아먹는다는 이야기는 못 들어 봤는데?"

다들 영문을 알 수 없다는 표정으로 주변을 살피고 있을 때 또 다른 사람이 무언가를 발견하고는 외쳤다.

"여, 여기에 사람의 흔적이 있어요!"

다들 그쪽으로 고개를 돌려서 바라보니 정말로 사람이 있었던 흔적이 보였다.

"저건…… 모닥불을 피운 흔적이야."

"아니……. 모닥불이라니? 매, 맨피온들이 바글거리는 이곳에서…… 야영을?"

그때 이곳에 있는 사람들의 대장으로 보이는 자가 등장했다.

"쉘터장님!"

"무슨 일이야?"

"여길 보십시오! 맨피온들이 전부 껍데기만 남은 채로 바닥에 널브러져 있습니다."

사람들의 말에 쉘터장이 심각한 표정으로 바닥에 있는 맨피온의 잔해들을 바라보았다.

그러다가 껍데기에 남은 고기를 보고는 그것을 들어 올려 자세히 살폈다.

"뭐지? 이건……. 누군가가 맨피온을 구워 먹은 흔적인데?"

"네에? 그, 그게 말이 됩니까? 이 괴물을 구워 먹다니요! 그, 그런 끔찍한 소리를 아무렇지도 않게 하십니까!"

"아니야. 여길 봐. 누가 봐도 익힌 흔적이 있잖아. 거기에 껍데기도 우리가 아는 그 회색빛이 아니라 붉은빛을 띠고 있잖아. 게나 가재가 익었을 때 색이 변하는 것처럼."

"그, 그건 우리가 어두울 때 봐서 그런 것일 수도 있습니다!"

"저기에 모닥불의 흔적도 있는데? 그럼 저건 뭐야? 다른 크리처들이 모닥불을 피우고 밤새도록 여기서 캠프파이어라도 했단 말이야?"

"그, 그건 저도 잘 모르죠."

"그래, 나도 잘 몰라. 그러니까 확신하지 말라고."

"아, 알겠습니다."

쉘터장은 한참 동안 맨피온의 껍데기를 요리조리 살펴보다가 이내 바닥에 던지고는 고개를 흔들었다.

"뭐가 되었든 지금 이걸 신경 쓸 때가 아니다. 상납해야 할 날이 머지않았다. 지금 그것이 먼저야. 자! 다들 서둘러!

남자들은 서둘러 사냥을 나갈 준비를 하고 여자들은 어서 빨리 먹을 수 있는 식물들을 채취해! 할당량에 못 미치면 알지? 우리 중 누군가는 대신 재물로 끌려가야 한다!"

쉘터장의 말에 다들 정신이 번쩍 들었는지 그제야 서둘러서 움직이기 시작했다.

사람들이 전부 나간 은행 건물 속에서 쉘터장은 다시 한번 잔해를 바라보고는 이내 관심을 끊고 밖으로 나갔다.

한편, 사람들을 당황하게 만든 장본인들은 쉘터에서 좀 멀리 떨어진 장소에 있는 개울가로 이동해서 씻고 있었다.

"아! 좋다!"

어디서 구해 왔는지 거대한 욕조에 김이 폴폴 나는 따뜻한 물이 가득 담겨 있었고 그 안에 영웅과 아더, 킬라쉬와 게이츠가 몸을 담그고 있었다.

"물 온도는 적당하십니까?"

자신의 몸에 맞는 온도를 찾으려면 태양에나 가야 존재했지만, 영웅은 고개를 끄덕여 줬다.

"좋다!"

"그럼 이 온도가 유지되도록 해 두겠습니다."

킬라쉬는 보존 마법을 걸어 물 온도가 항상 유지되도록 만들었다.

그 안에 있는 게이츠는 어제부터 지금까지 일들이 전부 꿈만 같았다.

어제 이들을 만나기 전까지만 해도 당장 내일 끼니를 걱정해야 할 판이었는데, 태어나서 처음 맛보는 엄청 맛있는 고기와 얼마 만에 푹 잤는지 모를 정도의 숙면, 거기에 지금은 이렇게 꿈에서나 해 볼 법한 따뜻한 물에서의 목욕까지. 전부 믿어지지 않는 일들의 연속이었다.

따뜻한 물에 몸을 담그고 있으니 기분이 좋은지 헬렐레 웃으며 그것을 즐기고 있는 게이츠였다.

그때 영웅이 얼굴의 물을 손으로 쓸어내리며 물었다.

"푸하! 이제 사람들이 나와서 활동할 시간이네요? 생각해 보니 적은 수의 사람들은 아니지만 그렇다고 많은 수도 아닌데, 식량이 부족하다는 것은 이해가 안 되는데요? 근처에 보니까 사슴이나 멧돼지 같은 동물들도 많은 것 같던데."

"아! 그, 그건 저희만 먹는 것이 아니기 때문입니다."

"그게 무슨 말이죠?"

"지금 세상은 기존에 있던 질서는 모두 무너진 상태입니다. 이 세상을 지배하고 있는 것은 법이 아니라 힘이죠. 저희는 그 힘을 가진 세력에게 보호비라는 명목하에 세금을 내고 있습니다. 바로 고기와 먹을 수 있는 식물들이지요."

"그럼 그들에게 상납하고 남은 것을 먹는 겁니까?"

영웅의 물음에 게이츠가 고개를 끄덕였다.

"그렇습니다. 그들에게 상납하고 남은 것을 먹는데…….
양이 적습니다. 그들은 저희가 딱 굶어 죽지 않을 정도만 남겨 주기 때문에…….”

게이츠의 말에 옆에 있던 킬라쉬가 말했다.

“전형적인 노예 길들이기군.”

킬라쉬의 말에 영웅과 아더 역시 고개를 끄덕였다.

“힘을 가졌다면 그 힘을 이용해서 좀 더 세상을 살기 좋게 만들 생각을 해야지. 좋아! 일단 사람을 찾으려면 뭐가 되었든 여기 세상부터 원상태로 돌려놓고 봐야겠네. 이렇게 사방 팔방에 퍼져 있으면 찾기도 힘들겠어. 여기를 거점으로 유토피아를 만들어서 찾아오게 만들자.”

“좋은 생각입니다.”

영웅의 말을 이해하는 둘과 전혀 이해를 못 하고 고개를 갸웃거리는 한 사람이 있었다.

“그게 무슨 말씀입니까? 이곳을 유토피아로 만든다뇨?”

“말 그대로입니다. 모든 이들이 꿈꾸는 도시를 만들어 놓으면 사람들이 알아서 찾아오겠지요. 그 전에 외계인 놈들부터 처리를 해야 하는데……. 이상하네. 근처에선 특이한 기운이 안 느껴지는데…….”

여전히 영웅의 말을 이해 못 하는 게이츠였다.

‘도대체가 무슨 말인지……. 여기를 유토피아로 만들다니. 자기가 무슨 신이라도 된단 말인가? 그리고 외계인 놈들이라니……. 그들의 무서움을 모르는 것 같구나……. 특별한 능력을 갖췄다고 너무 자신감에 차 있는 사람들이군.’

게이츠가 볼 때는 영웅 일행은 특별한 능력을 각성한 인간들이고, 아직 진짜 외계 종족의 무서움을 몰라 저렇게 자신감에 차서 행동한다고 생각했다.

　게이츠는 일단 경고를 해 주기로 마음을 먹었다.

　"특별한 능력을 가진 것은 잘 알겠습니다. 하지만 자만하면 안 됩니다."

　게이츠는 조심스럽게 영웅에게 자기 생각을 이야기했다.

　"제가 봤을 때 영웅 님과 일행분들은 특별한 능력을 지니신 것으로 보입니다. 이해합니다. 그런 특별한 능력을 지녔으니 자신감에 차 있는 것도. 하지만 세상을 그렇게 쉽게 생각하시면 안 됩니다."

　영웅은 게이츠가 하는 말은 가만히 듣고만 있었다.

　"물론, 영웅 님과 동료분들의 강함은 어제 맨피온을 사냥할 때 보았기 때문에 잘 알고 있습니다. 하지만 생각해 보세요. 저 맨피온을 이곳에 뿌려 놓은 자들이 누구인지 말입니다. 바로 영웅 님이 가볍게 생각하고 있는 그 외계 종족입니다. 그들이 저런 괴물들을 뿌려 놓았다는 것은 그들 역시 저 괴물들을 쉽게 처리할 수 있으니 그런 것이 아닐까요?"

　"아! 그러니까 지금 제가 자만하고 있다는 말씀인가요?"

　"그렇습니다! 지금 그 힘을 가지고 이곳을 발전시키겠다고 하신 것 아닙니까?"

　"그렇죠. 문제가 되나요?"

"하아, 문제가 되죠. 일단 좁게는 제가 말씀드렸던 이 지역을 지배하고 있는 놈들이라는 문제가 있고, 넓게는 언제 다시 돌아올지 모르는 외계 종족이 있습니다. 외계 종족은 둘째 치고, 이 지역을 지배하고 있는 그놈들 역시 만만한 집단이 아닙니다."

"강한가요?"

"네! 그들 역시 특별한 능력을 지닌 자들입니다."

"특별한 능력이라……. 특별한 능력……. 아! 내가 왜 그 생각을 못 했지? 이런 멍청이! 그 쉬운 방법을 생각 못 하고 있었네."

영웅은 게이츠의 말을 듣고 고개를 갸우뚱하며 무언가를 생각하더니 손뼉을 치며 소리를 질렀다.

그건 게이츠가 원하는 반응이 아니었다.

환호하는 영웅의 모습에 아더가 물었다.

"무언가 떠오르셨습니까?"

"응! 생각해 보니 가장 쉬운 방법이 있었네. 일일이 찾아다니거나 이곳으로 유인을 안 해도 될 것 같아."

"그런 방법이 있습니까? 어떤 방법인지?"

"나노 머신! 그놈들에겐 특별한 파장이 있어. 그것을 찾으면 되는 거야! 이런 쉬운 방법을 이제야 떠올리다니."

아더는 영웅의 말에 황당한 표정을 지었다.

도대체 그게 뭐란 말인가.

아더가 나노 머신에 관해 묻자 영웅은 그에 대해 설명을 해 주었고 아더는 놀란 표정을 지었다.

설명을 듣고 나니 눈에 보이지도 않는 그 작은 나노 머신이 파장을 내보내면 얼마나 내보낼지 의심스러웠다.

지구 전체를 돌아다니며 그것을 찾는 것도 쉬운 일은 아닌데, 그 작은 것이 내보내는 파장을 찾을 수 있어 다행이라고 생각하는 영웅을 보며 더 어이가 없었다.

"어차피 찾으러 다녀야 하는 것은 똑같은 것 아닙니까? 보이지도 않는 나노 머신이 파장을 내보내면 얼마나 내보낸다고요."

"난 가능하다. 내가 가진 기운을 온 지구에 퍼트리면 지구상에 존재하는 모든 것을 느낄 수 있다. 그중에 나노 머신의 파장을 지닌 사람을 찾으면 되는 것이니 얼마나 쉬워."

"역시…… 주인! 대단하십니다."

아더가 초롱초롱한 눈으로 영웅에게 존경스러운 눈빛을 보냈다.

한편, 그 옆에서 이 둘의 대화를 듣고 있던 게이츠는 이들이 무슨 말을 하는지 하나도 이해를 못 하고 있었다.

갑자기 자신과 대화를 하다 말고 다른 곳으로 샌 것이다.

"저기……. 제가 하는 말을 듣고 계신 겁니까?"

게이츠가 영웅에게 묻자 영웅이 환한 얼굴로 대답했다.

"고맙네요. 덕분에 가장 골치 아픈 일 하나를 쉽게 해결할 수 있겠어요. 감사의 의미로 이곳을 살기 좋은 곳으로 만들어 드리죠."

"하아, 제가 하는 이야기를 하나도 귀담아듣지 않으셨군요. 다시 말씀드리지만, 이곳을 지배하는 세력이 있는데……."

"아! 그놈들이 문제라고 하셨죠? 아더! 킬라쉬!"

"네!"

"가서 처리하고 와."

"네!"

"넵!"

"아니다! 어찌 생겨 먹은 놈들인지 보게 확실하게 교육해서 여기로 데리고 와."

"확실하게 교육! 알겠습니다! 주인의 성함만 나와도 벌벌 기도록 만들겠습니다!"

그렇게 말하고 떠나려는 아더와 킬라쉬에게 영웅이 말했다.

"잠깐."

아더와 킬라쉬를 잠시 멈추게 하고는 게이츠에게 물었다.

"확실하게 해야지. 혹시라도 다른 죄 없는 사람들 건드리면 안 되니까. 그놈들 생김새와 세력명 이런 거 좀 알려 줄래요?"

"저, 정말로 가시려고요? 두, 두 분이? 그, 그들도 트, 특

별한 능력을 지닌 자들입니다! 위, 위험합니다! 다시 생각해
보세요."

"저들은 그렇게 약하지 않아요. 일단 알려 주세요."

"아, 안 됩니다! 호, 혹시라도 저들이 당한다면 그 후환은
고스란히 저희가 다 받게 됩니다!"

그들이 두려워 벌벌 떠는 게이츠를 보다가 영웅은 이내 미
소를 지었고 아더와 킬라쉬를 바라보며 말했다.

"아니다. 갈 필요가 없겠다."

영웅의 말에 게이츠는 자신의 설득이 통했다고 생각했다.

"그놈들이 오고 있네. 잡스러운 살기를 머금은 자들이 말
이야."

"네, 저도 느껴집니다."

영웅과 아더의 말에 게이츠가 어리둥절한 표정을 지었다.

그리고 잠시 뒤에 영웅의 말뜻을 이해할 수 있었다.

부아아아앙ㅡ!

부릉부릉부릉ㅡ!

사방에서 자동차와 오토바이 엔진 소리가 요란하게 들려
오기 시작한 것이다.

게이츠의 눈에도 확연히 보일 정도로 먼지구름과 함께 한
무리가 자신들이 있는 곳을 향해 몰려오고 있었다.

그중 가운데에 있는 트럭에는 붉은 해골이 그려진 깃발이
나부끼고 있었다.

"헉! 브, 블러드 스컬!"

게이츠가 두려운 눈으로 외치자, 영웅은 그제야 궁금증이 풀렸다는 표정으로 웃었다.

"아! 블러드 스컬! 그게 저놈들 이름이구나."

"핏빛 대가리라. 이름처럼 만들어 놓을까요?"

"일단 대화부터 해 보자. 혹시 모르잖아? 의외로 대화가 통할지."

"그런가요? 하긴, 대화를 꼭 말로만 하라는 법은 없으니까요."

"하하하! 그렇지. 우리 아더가 이제 내 뜻을 잘 알아듣는구나."

"헤헤헤!"

영웅의 칭찬에 아더가 쑥스러운지 뒷머리를 긁적이며 웃었다.

그 모습을 본 게이츠가 답답한 표정을 지으며 외쳤다.

"지금 이럴 때가 아닙니다! 어, 어서 도망을 쳐야 합니다!"

"에이, 기다려 봐요. 기껏 알아서 찾아와 줬는데."

"여, 영웅 님! 노, 농담이 아니라고요!"

영웅은 그런 게이츠의 외침을 가뿐히 무시하고는 자신들을 향해 열심히 달려오는 블러드 스컬을 바라보았다.

게이츠는 그런 영웅을 보며 자신이라도 도망을 가야 하나 말아야 하나 고민했다.

하지만 이내 고개를 저으며 조용히 영웅의 뒤에 섰다.

도망쳐 봐야 얼마 가지도 못할 것이고 따로 떨어져 있는 것보다 그래도 맨피온을 맨주먹으로 잡는 능력자들 옆에 있는 것이 살 확률이 더 높았기 때문이었다.

게이츠에겐 목숨을 건 도박이었다.

그러는 동안 블러드 스컬은 영웅 일행이 있는 곳까지 다가와 그들의 주변에 원을 그리며 빙글빙글 돌기 시작했다.

부다다당–! 부아앙– 부앙–!

빠아아앙–!

"케케켁! 도망가라! 이놈들아! 그래야 사냥하는 재미를 맛보지!"

"크헤헤헤! 우리가 너무 무서워서 다리가 굳었나 본데?"

"그럼 차에 매달아서 끌고 가자!"

"그보다 사냥놀이가 더 재밌는데! 잘 구슬려서 도망가게 하자."

그곳에 등장한 블러드 스컬 무리는 머리를 빡빡 밀고, 두상 가운데 해골 마크를 새긴 상태였다. 눈에는 스모키 화장을 진하게 하고 옷은 누더기나 가죽 재킷을 걸친 채 영웅 일행을 보며 즐거워하고 있었다.

"정지!"

그러다가 트럭에 타고 있던 남자가 외치자 빙글빙글 돌던 자들이 일제히 오토바이와 차를 멈추고 트럭을 바라보았다.

트럭이 멈추자 트럭 뒤에 타고 있던 비쩍 마른 남자들이 우르르 내려와 트럭 조수석 문 쪽으로 달려가 엎드렸다.

그러자 조수석 문이 열리면서 덩치가 거대한 남자가 발로 엎드린 남자들을 밟으며 천천히 내려왔다.

턱− 턱− 턱−!

인간 계단을 만든 사내들은 거대한 남자가 움직일 때마다 고통스러운 표정으로 간신히 버티고 있었다.

하지만 그 누구도 신음을 내는 사내는 없었다.

바닥에 내려온 남자가 자신의 배를 두드리며 영웅이 있는 곳으로 천천히 걸어오기 시작했다.

"이곳에서 물을 사용하고 있다니……. 이곳 놈들이 아닌가 보군."

"잘 아네. 맞아, 우린 여기 오늘 처음이야."

남자의 말에 영웅이 대꾸했다.

그러자 남자의 표정이 살짝 굳었다가 다시 풀어졌다.

"크크크. 그런 건방진 말투는 정말로 오랜만에 듣는군. 간만에 신선한 기분이야."

그러고는 주변을 둘러보더니 계속 말을 이어 나갔다.

"미안하지만 여기 강은 우리 블러드 스컬의 소유다. 물을 사용했으면 사용료를 내야지."

"사용료? 얼만데?"

"크크크. 얼마 안 한다. 10년간 노예 생활을 하면 돼. 그게 싫으면 우리의 장난감이 되거나."

"여기가 너희 소유라는 증거라도 가지고 있나?"

"증거? 크하하하하! 증거라……. 증거 있지. 바로 우리가 가진 힘이다. 힘이 곧 권력이고 능력인 세상이니 이것만큼 확실한 증거가 어딨느냐."

"아! 그래? 힘이 곧 권력이고 능력이구나? 그거 정말 좋은 방법이네."

"그렇다. 근래 보기 드문 최상급 신체들이라 내 기분이 좋다. 자, 순순히 나를 따라오거라. 그러면 손을 대지 않겠다."

"궁금한 것이 있는데 물어봐도 되나?"

"크크크. 좋다, 그 정도 아량은 베풀어 주지."

"특별한 능력을 갖춘 자들이 있다던데 너도 그중 하나냐?"

"크하하하. 제대로 보았다. 나는 강철의 신체를 가진 베르나 님이시다! 크크크, 내가 가진 이 특별한 신체로 맨피온 한둘 정도는 아주 우습게 해치우지!"

"그렇구나. 그런 능력으로 저기 쉘터에 있는 사람들을 보살펴 주지는 못할망정 그들을 착취나 하고 아주 못됐네."

영웅의 말에 베르나의 표정이 급격하게 굳어졌다.

"애송이. 까부는 것은 거기까지다. 아무래도 나에 대한 존경심을 조금 주입해 데려가야겠군."

베르나는 영웅의 말에 기분이 상했는지 굳은 표정으로 성큼성큼 영웅을 향해 걸어가기 시작했다.

"예절 교육이라······. 그래. 나도 한때 다른 이들한테 그런 걸 가르친 적이 있었지. 간만이네."

영웅의 말에 베르나가 속도를 올려 달려오더니 영웅의 얼굴을 향해 주먹을 날렸다.

"일단 그 나불대는 주둥이부터 박살을 내야겠다! 주둥이가 없어도 일하는 데는 지장이 없겠지!"

쩌억-!

사람이 사람을 때렸는데 바위 깨지는 소리가 울려 퍼졌다.

하지만 엄청난 소리에 비해 맞은 사람이 아무렇지 않은 표정으로 웃으며 서 있었다.

베르나가 놀란 표정으로 주먹을 거두며 두어 걸음 뒤로 물러섰다.

"뭐지? 너도 특별한 힘을 지닌 자인가?"

"특별한 힘은 모르겠고 그렇게 해서는 교육이 안 된다는 것은 알고 있지."

"뭐?"

슈악-!

베르나가 고개를 갸우뚱하며 되묻자마자 영웅의 주먹이 베르나의 안면을 향해 날아갔다.

쩌억-!

아까와 같은 바위 깨지는 소리가 들려왔고 아까와는 달리 그 뒤에 다른 소리까지 연달아 들려왔다.

쿠당탕탕-!

콰쾅-!

"커헉!"

영웅의 주먹 한 방에 거대한 덩치의 베르나가 자신의 트럭이 있는 곳까지 날아가 굴렀다.

그 장면에 블러드 스컬 사람들이 놀란 표정으로 바닥에 누워 있는 베르나와 영웅을 믿을 수 없는 표정으로 번갈아 가며 바라보았다.

영웅은 그런 시선을 즐기며 천천히 산책하듯 쓰러져 있는 베르나를 향해 걸어갔다.

그러자 주변에 있던 블러드 스컬 중 한 명이 외쳤다.

"뭘 지켜보고 있어! 병신들아! 공격해!"

그 소리를 시점으로 저마다 각종 무기를 꺼내 영웅을 겨눴고 일제히 공격을 시작했다.

투다다다다다-!

탕탕탕-!

슈슉-!

타타타타타타-!

기관총부터 시작해서 권총, 돌격 소총에 석궁까지 쏠 수 있는 것은 모조리 동원해 공격을 시작한 것이다.

티팅- 티티팅-!

그러나 분명히 자신들이 쏘는 무기에 적중하고 있는데 영웅이 아무렇지 않게 태연한 모습으로 여전히 산책하는 것처럼 뒷짐을 진 채 걸어가는 것이 아닌가.

"마, 말도 안 돼."

"중화기를 쏴!"

쿠와와—!

푸슝—!

총알들이 빗발치는 와중에 RPG와 화염방사기까지 동원되기 시작했다.

콰쾅—!

콰아아아아—!

RPG 탄이 터지고 그 뒤로 화염방사기의 푸른 불꽃까지 영웅을 강타했지만, 그는 여전히 유유자적한 표정으로 걸어오고 있을 뿐이었다.

"괴, 괴물⋯⋯."

"저, 저게 뭐야?"

"그, 그들이 유, 유희를 나온 것인가?"

누군가가 '그들'이라는 말을 꺼내자 공격을 하던 블러드 스컬 전원이 공포에 질린 표정으로 뒷걸음질을 치기 시작했다.

영웅은 그들이라는 단어에 이들이 공격이 멈춘 것을 눈치채지 못했다. 자신들의 공격이 전혀 먹히지 않자 겁을 먹고 공격을 멈춘 것으로 생각했다.

평소에도 이런 일이 많았기에 대수롭지 않게 다시 베르나를 향해 걸어가며 아더와 킬라쉬에게 말했다.

"모조리 다 잡아."

그 말이 끝나기가 무섭게 아더와 킬라쉬가 움직였다. 그들은 눈에 보이지도 않을 속도로 주변에 있는 블러드 스컬의 병사들을 제압해 나갔다.

바닥에 쓰러진 채 그 모습을 지켜보던 베르나는 버둥거리며 뒤로 물러나고 있었다.

어느새 베르나가 있는 곳까지 걸어온 영웅이 미소를 지으며 말했다.

"이곳은 힘이 곧 진리라고 했지? 그건 마음에 드네. 내가 가장 강할 테니 이 세상은 곧 내가 진리라는 이야기잖아? 안 그래?"

영웅의 질문에 베르나는 눈알만 이리저리 굴릴 뿐 대답을 하지 않았다.

꽈직ㅡ!

동시에 영웅의 발이 베르나의 정강이를 밟았고 익숙한 소리가 울려 퍼졌다.

"이야, 이 소리 정말 오래간만에 듣네."

"끄아아아아!"

"내가 깜박했네. 예절 교육을 먼저 하기로 해 놓고서 질문부터 했으니 이 얼마나 미안한 일이야. 그렇지?"

나긋나긋하게 말하며 다시 발을 들어 올리자 베르나가 다급하게 무언가를 말하려 했다.

하지만 영웅의 움직임이 더 빨랐다.

꽈직-!

"안 돼……. 끄어어억!"

"뭐라고? 잘 안 들리네."

우직- 우두둑-!

그 말을 시작으로 베르나의 구석구석을 어루만져 주기 시작한 영웅이었다.

그렇게 한참을 어루만져 주니 베르나는 그만 고통을 못 이기고 그 자리에서 기절해 버렸다.

"어? 아주 숙면을 하네. 거참. 나는 정성을 다해 어루만져 주는데 잠을 자? 기본예절이 안 되어 있네."

일어나 주변을 둘러보니 이미 아더와 킬라쉬에게 제압당해 움직이지 못하는 몸으로 영웅이 하는 것을 두 눈으로 생생히 지켜보는 블러드 스컬의 병사들이 눈에 띄었다.

"이렇게 기대하는 눈들이 많은데 기대에 부응해야지."

영웅의 말에 그곳에 있던 병사들이 일제히 고개를 강하게 흔들며 무언가를 외치려 했다.

하지만 혹시라도 떠들어서 영웅의 취미 생활을 방해할까 봐 아더가 목소리를 모조리 막아 둔 덕에 그들의 음성은 세상 밖으로 나오지 못했다.

"저 봐. 다들 신나서 고개를 흔들잖아."

그리 말하며 영웅은 사악한 미소와 함께 손을 뻗었다.

"이제 일어날 시간이에요. 리스토어."

화악—!

환한 빛이 베르나의 몸을 감싸고 이내 베르나의 눈이 번쩍 떠졌다.

"잘 잤어?"

"헉!"

베르나는 악몽 속에서 듣던 목소리에 기겁하고 몸을 벌떡 일으켜 재빨리 피했다.

하지만 그것은 자신의 착각이었다.

분명히 몸을 피했다고 생각했는데 어느새 다리가 덜렁거리고 몸이 바닥에 주저앉아 있던 것이다.

"어딜 가려고. 안 되지."

"끄아아악!"

다리에서 느껴지는 엄청난 고통에 베르나의 입에서 다시 고통에 찬 목소리가 흘러나왔다.

"아까 뭐라고? 입은 없어도 일하는 데 지장이 없다고 했던가? 맞는 말이야. 나도 그렇게 생각해."

"아, 아니……."

퍼억—!

베르나가 뭐라 말하려 했지만, 영웅의 주먹이 그의 입에 그대로 처박히며 그의 턱이 그대로 박살 나 버렸다.

"으어어어!"

그 뒤로 다시 구타와 리스토어가 반복되었다.

쿵-!

거대한 덩치가 다시 기절하면서 쓰러졌고 영웅은 그를 다시 깨웠다.

다시 벌떡 일어난 베르나는 이번엔 일어나자마자 납작 엎드리고는 눈물 콧물을 쏟으며 싹싹 빌기 시작했다.

"제, 제발 자, 자비를 베푸시어 그, 그만해 주십시오! 하, 하라는 것은 그게 무엇이 되었든 다 하겠습니다! 그러니 제, 제발 자비를 베풀어 주십시오!"

베르나의 말에 영웅이 미소를 지으며 고개를 끄덕였다.

"음, 이제 좀 예의가 뭔지를 아는구먼."

그리 말하고는 엎드린 베르나의 등을 토닥거렸다.

그에 베르나는 몸을 부르르 떨며 공포에 질린 채 눈을 질끈 감았다.

"여기는 예절이 심어진 것 같고……."

베르나에게서 눈을 뗀 영웅이 포박된 블러드 스컬의 병사들을 둘러보기 시작했다.

영웅과 눈이 마주칠 때마다 블러드 스컬 병사 중에서 오줌을 지리거나 기절을 하는 사람들이 속출하기 시작했다.

"흠, 그래도 살짝 맛은 보여 줘야겠지?"

영웅의 말에 병사들의 동공이 크게 흔들리기 시작했다.

기절한 병사들을 부러운 눈으로 바라보는 사람도 있었다.

빠직- 빠지직-!

그렇게 공포에 떨고 있는데 위에서 무슨 소리가 들려왔다.

병사들은 자신들도 모르게 위를 바라보았고 거기에는 보기만 해도 섬뜩한 뇌전이 머리 위에서 움직이고 있었다.

설마 저게 자신들이 있는 곳으로 내려오는 것은 아니겠지, 생각하는 순간 뇌전이 일제히 병사들이 있는 곳으로 떨어져 내렸다.

빠지지지직-!

"끄아아아!"

"으그그극!"

"끄에에에엑!"

떨어져 내린 뇌전에 일제히 몸을 부르르 떨며 흰자를 뒤집고는 하나둘씩 쓰러지기 시작했다.

엄청난 고통에도 기절하는 이는 없었다.

오히려 기절했던 이들까지 깨어나 똑같이 고통을 받고 있었다.

"기절하면 안 되지."

일부러 기절하지 못하게 정신력 강화까지 걸어 뇌전을 뿌린 것이다.

그곳에서 유일하게 편안한 표정으로 기절한 이는 단 한 명, 게이츠뿐이었다.

"저기야?"

"네! 그렇습니다!"

"제법 그럴싸하게 해 놓고 살고 있네."

영웅은 베르나와 그의 병사들을 데리고 블러드 스컬의 본 거지로 이동했다.

베르나의 부하들은 저 멀리서 차들을 손으로 끌고 오고 있었다.

영웅이 엔진 소리가 거슬린다며 직접 손으로 끌고 이동하라고 말한 탓이다.

지금 영웅의 눈앞에 펼쳐진 블러드 스컬의 본거지의 모습은 역사 속에서나 볼 법한 거대한 성이었다.

사각형으로 둘러싼 성벽과 성벽의 끝마다 높은 망루가 있어 사방을 감시하기도 좋았다.

성벽을 따라 수로를 파 물을 채워 두었고 수로의 너비는 대략 5m 정도 되어 보였다.

깊이는 알 수 없지만, 성문에 달린 다리가 없으면 건널 수 없는 구조 같았다.

"저건 물인가?"

영웅이 수로를 가리키며 묻자 베르나가 고개를 저으며 말했다.

"아닙니다. 염산입니다. 강산성의 액체만이 맨피온의 껍데기를 녹일 수 있습니다. 유일한 공략법이지요."

"너는 맨주먹으로 박살 낼 수 있다며."

"그, 그건 저, 정말로 있는 힘껏 때렸을 때……. 사, 살짝 금이 가게 하는 정도로……."

"그럼 이렇게 대놓고 돌아다니는 이유가 저 성과 염산을 믿고 그런 거였어?"

영웅은 어이가 없다는 표정으로 베르나를 바라보았다.

"맨피온을 일일이 상대하기엔 그 수가 너무 많아서……. 그놈들이 벽을 타진 못하니 튼튼한 벽으로 둘러싸인 성이면 마음을 놓을 수 있고, 또 염산으로 이루어진 수로는 절대 건널 수 없으니 더더욱 안심하고 지낼 수가 있으니까요."

"다른 사람들은 땅굴 속으로 기어들어 가 밤새도록 맨피온들이 문을 쳐 대는 소리에 벌벌 떨면서 지내는데, 그들을 도와 같이 잘살지는 못할망정 이렇게 산단 말이지?"

"그, 그렇습니다."

"너희 두목도 특별한 능력을 갖췄냐?"

"네! 사이킥 파워를 가지고 있습니다."

"아, 초능력. 그런데 어쩌다가 그런 능력들을 갖추게 되었나?"

"외, 외계인들을 피해 도망치다가 그들이 발사한 이상한 광선에 맞고 난 뒤부터 이렇게 변했습니다."

"광선?"

"네! 초록빛 광선이었는데 그것을 맞는 순간 어지럽고 속이 메슥거리면서 몸살이라도 난 것처럼 온몸이 아팠습니다. 다른 이들은 그것을 맞고 이상한 동물로 변했는데, 몇몇은 변하지 않았고 저처럼 이런 특수한 능력을 갖추게 되었습니다."

아마도 인간을 어떠한 동물로 변형시키는 광선인 것 같았다.

베르나는 그것에 면역이 있는 신체였을 것이고 그 덕에 이렇게 특수한 신체와 능력을 갖추게 된 것 같았다.

"그런데 저렇게 당당하게 성을 지어 놓고 살아도 괜찮은 거야? 외계인들이 다시 오면 어쩌려고?"

"그땐 뭐 어쩌겠습니까? 어차피 그들이 다시 오면 죽을 목숨인데요. 어차피 머지않아 죽을 인생 이렇게 즐기다가 죽자는 심정이었습니다. 그리고 그 외계 종족은 이상한 크리처들을 지상에 뿌려 두고는 그 후로 모습을 보이지 않았습니다."

"뭐지? 흠……. 일단 저기부터 정리하고 다시 이야기하자."

"그……. 외람된 말씀이지만 저곳을 어찌 정리하실 요량이신지?"

베르나의 말에 영웅이 피식 웃으며 말했다.

"아더, 보여 줘. 궁금하단다."

영웅의 명령과 동시에 아더가 블러드 스컬의 성으로 달려가기 시작했다.

저 멀리서 아더가 성으로 달려오는 모습을 본 망루의 감시자들은 웬 미친놈인가 싶어 망원경으로 자세히 들여다보았다.

"뭐야? 저 미친놈은? 여기가 어딘지 모르는 건가?"

"그보다 멈출 기세가 아닌데? 성문을 향해 미친 듯이 달려오고 있잖아!"

"어어? 저거 성문으로 그대로 돌진하는데?"

"미친!"

감시자들은 비상종을 울릴 생각도 못 한 채 당황한 표정으로 성문을 향해 달려오는 아더를 바라보았다.

콰쾅-!

성문을 향해 돌진하던 아더는 그대로 몸을 날려 성문을 박살 내며 안으로 입성했다.

콰르르르-!

박살이 난 성문이 무너지면서 일으키는 먼지바람과 함께 아더의 옷이 펄럭였다. 그런 아더를 사람들은 멍한 얼굴로 바라볼 뿐이었다.

너무도 갑작스러운 일이라 다들 이게 무슨 상황인지 파악하느라 순간적으로 움직임이 멈춘 것이다.

"비, 비상! 비상!"

따르르르릉-!

비상벨이 울림과 동시에 사방에서 병사들이 튀어나왔고 성문 앞에 서 있는 아더를 향해 일제히 조준하기 시작했다.

성벽 위에서도 성안에 있는 모든 창문에서도 병사들이 총을 겨누기 시작했다. 그리고 성문을 중심으로 길게 뻗은 대로변에는 중화기들이 모습을 드러내며 아더를 조준하기 시작했다.

쿠르르르르–!

위잉– 끼리릭–!

이 세상에서 보기 힘든 전차까지 모습을 드러냈다. 거대한 포신이 각도를 조절하며 아더를 조준했다.

훈련이 얼마나 잘되어 있었는지 이 모든 과정이 순식간에 이루어졌다.

모든 움직임이 언제 올지 모를 맨피온에 대비한 것처럼 보였다.

그런 그들의 모습을 천천히 감상하더니 모든 준비가 다 끝난 것처럼 보이자 입을 열었다.

"크크크, 준비하느라 고생이 많았다. 하지만 헛고생이겠군. 나는 성격이 급해서 말이다. 딱 한 번만 경고하지. 무기를 내려놓고 내려와 엎드려라. 그러면 아무 일도 일어나지 않을 것이다."

아더의 말에 전차에 타고 있는 남자가 외쳤다.

"웃기는 소리를 하는구나! 제법 쓸 만한 능력을 갖췄나 본데 여기는 너 같은 능력을 갖춘 이가 수두룩한 곳이다!"

"그런 놈들이 겁을 잔뜩 집어먹고 무기를 이렇게 들이대느냐?"

"너는 모르고 있구나? 역시 모르고 있어."

"무엇을?"

"특별한 능력은 사람을 초인으로 만들어 주지만, 치명적인 약점도 주었지."

"치명적인 약점?"

"그걸 우리가 알려 줄 거라 생각하는 건가? 생각보다 순진하군. 힌트를 주자면 너를 겨냥하고 있는 저 무기들은 평범한 무기가 아니다."

"별거 없어 보이는데?"

"크크크, 그렇지. 지금은 별거 없겠지. 능력자들에게 총이나 석궁 같은 구식 무기는 그 어떤 위협도 되지 않을 테니. 저 무기는 인간이 아닌 네놈이 인간이 되면 발포될 것이다."

"내가 인간이 아니라는 것을 어찌 알았는지는 모르겠지만 나를 인간으로 만든다는 허무맹랑한 이야기는 듣지 않은 것으로 하겠다."

아더는 저들이 하는 말의 의미를 잘못 해석했다.

저들이 자신이 인간이 아니라고 말한 뜻은 평범한 인간이 아닌 능력자를 지칭하는 것이었지만 아더는 그것이 정말로 자신을 인간으로 만든다는 뜻으로 받아들인 것이다.

"뭐라는 거냐! 쏴라! 저놈을 평범한 인간으로 만들어서 개처럼 끌고 다닐 것이다!"

전차에 탄 남자의 외침에 무언가 축포가 터지는 소리가 사방에서 들려왔고, 이내 아더가 있는 곳을 향해 거대한 물줄기들이 쏟아져 내리기 시작했다.

쏴아아아–!

순식간에 물에 젖은 모습이 된 아더는 어처구니가 없는 표정으로 자신을 포위하고 있는 블러드 스컬의 병사들을 바라보았다.

"컥!"

그 순간 아더의 표정이 굳으며 곧 이리저리 몸부림을 치기 시작했다.

6장

블러드 스컬이 뿌린 이상한 물을 잔뜩 뒤집어쓴 아더는 괴로운 듯 연신 헛구역질을 하며 인상을 찡그렸다.

그 모습을 본 블러드 스컬의 병사들은 회심의 미소를 지었다.

"크크크, 역시 효과가 확실하구나. 우리가 뿌린 그 액체는 네놈을 평범한 인간으로 되돌리는 특별한 액체다."

"크으읏! 이런 X발! 이게 뭐야!"

아더가 한국에서 배운 욕을 내뱉으며 분노를 토해 냈다.

"크으읔! 으아악! 냄새! 이게 도대체 무슨 냄새야! 으아악!"

아더가 괴로워하는 이유는 바로 생전 처음 맡아 보는 기괴한 냄새 때문이었다. 영웅에게 배운 기감을 통해 저들이 무엇을 하는지 다 알고 있었기에 대수롭지 않게 생각하고 저들이 쏜 무언가를 뒤집어쓴 아더였다.

어차피 방어막을 쳐서 몸은 젖지 않을 것이니 위험하다 해도 자신에게 크게 피해를 줄 것이라는 생각은 하지 않았다.

하지만!

냄새는 아니었다.

이 고약한 냄새는 아더는 정말로 어지럽게 만들었다.

그것을 알 리 없는 블러드 스컬의 병사들은 자신들의 공격이 먹혔다고 생각하며 좋아했다.

"자, 이제 순순히 무릎을 꿇고……."

"닥쳐! 이런 찢어 죽일 새끼들이! 나에게 무엇을 뿌린 것이냐! 으드득! 한 놈도 몸 성한 놈이 없도록 만들어 주지!"

아더의 외침에 기분이 상한 남자가 손을 들며 말했다.

"벌주를 받겠다는군. 일단 다리에 한 방 먹여 줘라."

"네! 중대장님!"

중대장이라 불린 남자의 말이 끝나기가 무섭게 총소리가 들렸다.

탕-!

퍽-!

냄새 때문에 정신을 못 차리던 아더는 날아오는 총알을 막을 생각도 못 하고 그대로 맞았다.

심지어 냄새 때문에 너무 놀라 배리어까지 해제한 상태였
다.

"앗! 따거! 이건 또 뭐야!"

배리어가 해제된 상태에서 맞은 총알은 따끔했다.

물론, 따끔으로 끝나선 안 되는 것이지만 총알은 아더의
몸을 뚫지 못하고 피부에 맞고 튕겨 나갔다.

"뭐야? 왜 아직도 능력이 남아 있는 거야?"

"그, 글쎄요?"

"뭐 해! 다시 쏴! 이번엔 확실하게 묻히라고!"

푸항– 쏴아아–!

다시 한번 이상한 액체가 아더를 향해 쏘아졌고 아더의 머
리 위로 쏟아져 내렸다.

"이 새끼들이! 보자 보자 하니까!"

웅웅웅–!

파라라락–!

분노한 아더의 몸이 펄럭거리며 쏟아져 내리던 액체들을
그대로 허공에 멈춰 서게 만들어 버렸다.

"헉! 이, 이게 무슨 일이야?"

"마, 맙소사! 허, 허공에 멈춰 섰어!"

생전 처음 보는 광경에 블러드 스컬의 사람들은 놀란 표정
으로 그것을 바라보았다.

그러고는 이내 자신들이 보는 장면이 무엇을 뜻하는지를

깨닫고는 경악하며 외쳤다.

"서, 성주님과 같은 초능력자다!"

"사, 사이킥 파워 능력자!"

"선택받은 자만이 쓸 수 있다는 능력!"

"우, 우리가 이길 수 있는 존재가 아니야……. 서, 성주님이 나서야 해!"

아더는 사람들이 어떻게 반응을 하든 말든 이미 짜증이 나 있는 상태였다. 그저 자신에게 쏘아진 저 정체불명의 똥물을 저놈들에게 다시 돌려줄 생각뿐이었다.

"시끄럽다! 이거나 다시 가져가라!"

촤아아악-!

아더를 향해서 뿌려졌던 액체가 블러드 스컬이 있는 쪽으로 방향을 틀었고 이내 그들을 덮쳤다.

그중에는 그들을 지휘하던 중대장도 있었다.

"아, 안 돼! 아, 안 돼!"

절규하며 허우적거리는 것을 보니 중대장은 능력을 지닌 인간인 것 같았다.

그렇게 발버둥을 치다가 이내 정신을 잃고 바닥에 쓰러져 버렸다.

한편, 아더가 자신들을 향해 액체를 되돌려 보내자 이에 놀란 병사들은 자신들이 가진 무기로 일제히 아더를 향해 공격하기 시작했다.

두두두두두-!

타타타탕-!

병사들의 공격에 아까 맛본 따끔함이 생각난 아더가 온몸에 배리어를 두른 채 그들을 응시했다.

티팅- 팅팅팅-!

그들이 쏜 총알들은 아더에게 그 어떤 피해도 입히지 못한 채 전부 튕겨 나가고 있었다.

그 모습이 병사들에게 더 큰 공포로 다가오기 시작했다.

"고, 공격이 통하지 않아!"

"비, 빌어먹을!"

그들이 공포에 점점 물들어 가고 있을 때 아더는 조용히 손을 들었고, 이내 성 주변에 검은 먹구름이 몰려오기 시작했다.

사람들은 갑작스러운 변화에 놀라 공격도 멈춘 채 그것을 바라보았다.

"뭐, 뭐야?"

"저런 건 처음 봐!"

"서, 설마 저자가 한 건가?"

쿠르르릉-!

모여든 먹구름에서는 빛이 번쩍거리며 천둥소리가 들려왔다. 그것을 본 병사들은 무언가가 잘못되어 가고 있다는 것을 깨달았다.

하지만 늦었다.

도망가려 했지만, 그보다 더 빠르게 뇌전이 그들을 덮쳤다.

"썬더 스톰!"

아더의 외침과 함께 성 전체에 골고루 뿌려지는 뇌전에 사방에서 비명이 난무하기 시작했다.

"으아아아악!"

"끄아아악!"

"으가가가각!"

쯔이이잉—!

그때 그들 위로 투명한 막이 생성되며 병사들에게 뿌려지는 뇌전을 튕겨 내기 시작했다.

지지지징—!

뇌전을 막아 내며 내는 소리가 기이하게 울려 퍼졌고, 곧 고급스러워 보이는 코트를 입은 한 사내가 등장했다.

사내는 인상을 찡그린 채 영웅 일행을 바라보며 물었다.

"너는 누구지?"

그의 등장에 아더는 마법 전개를 멈추고 고개를 돌렸고 병사들은 환호했다.

"서, 성주님!"

"성주님이시다! 만세!"

"성주님이 오셨다!"

"엑센트 성주님!"

다른 이들과 다르게 뽀얀 피부를 가진 미남자의 모습을 한 사내가 바로 이곳의 주인인 성주였다.

"뭐야? 저 기생오라비같이 생긴 놈은? 네놈이 여기 성주냐?"

아더의 물음에 성주 엑센트가 하얀 건치를 드러내며 웃었다.

"그래, 내가 여기 성주다. 너는 누구길래 우리 애들을 괴롭히는 거지? 상황을 보니 너 역시 초능력을 지닌 모양인데."

"초능력? 이건 마법이라는 것이다."

"마법? 그런 능력도 있었나? 어찌 되었든 나와 비슷한 능력인 것 같군. 어떤가? 나와 손을 잡지 않겠나? 나는 인재를 매우 사랑하지."

"나 때문에 너의 수하들이 저리되었는데?"

"원칙대로라면 저들이 보는 앞에서 너의 사지를 찢어발기고 그 피를 뿌려 위로를 해야 하지만, 너의 그 특별한 능력이 탐나서 제안하는 것이다. 어떤가? 나와 손을 잡지 않겠는가?"

"좋은 제안을 줘서 고맙긴 한데……. 내 대답은 이거다."

말이 끝남과 동시에 저들이 말한 능력자를 무력화시키는 액체를 다시 끌어 올려 성주에게 쏘아 보냈다.

"이거나 뒤집어써라!"

땅에 떨어졌다가 다시 올라와서 그런지 흙탕물로 변한 액체들이 성주를 향해 날아갔고 성주는 그것을 보며 손수건으로 자신의 코를 가리며 말했다.

"천박하기는……. 나의 제안을 거절한 것을 후회하게 해주지."

성주는 아더가 날린 액체를 손짓만으로 가볍게 튕겨 내고는 아더의 머리 위로 검은 구체를 만들기 시작했다.

"나의 주 능력은 중력을 다루는 힘이다. 살짝만 맛보기로 보여 주지."

웅웅웅웅-!

성주의 말이 끝나기가 무섭게 구체가 울렸다. 아더의 인상이 급격히 찡그려지기 시작했다.

"크크크, 벌써 인상을 찡그리면 곤란한데? 이제 겨우 지구 중력의 다섯 배다."

성주는 아더가 인상을 찡그리자 벌써 고통스러워한다고 생각한 것이다.

하지만 아더가 인상을 찡그린 이유는 안 좋은 기억이 떠올라서였다.

'젠장, 주인과 훈련하던 때가 생각나는군.'

아더가 영웅에게 수련을 받던 공간은 지구 중력의 50배의 공간이었다.

그런 곳에서 눈에 보이지도 않는 영웅을 쫓아 공격해야 했으니 얼마나 끔찍했을까.

그때의 끔찍했던 기억이 떠올라 짜증이 났던 것이다.

"으드득! 내게 짜증 나는 기억을 떠올리게 하다니!"

지금이야 그때의 훈련으로 말도 안 되게 강해졌지만, 그 당시에는 정말로 지옥 같았다. 영웅이 악마로 보일 정도였 었다.

아더가 성주를 바라보며 짜증 나는 얼굴로 중얼거렸다.

"이런 거지 같은 것도 중력이라고. 진짜 중력이 무엇인지 보여 주지, 애송이. 그래비티 필드!"

우웅ㅡ!

푸푹ㅡ

순간 허공이 잠시 일렁이더니 바닥이 푹 가라앉았다.

"크흑! 뭐, 뭐야?"

성주는 갑작스러운 짓눌림에 당황한 표정으로 인상을 찡 그렸다.

"네, 네놈도 중력을 사용할 줄 아는 것이냐? 이익! 이 정도 로 날 어쩌지 못한다!"

쯔앙ㅡ!

아더가 펼친 그래비티 필드에 대응해 성주 역시 자신의 중 력장을 사용해 그것을 밀어 내기 시작했다.

드드득ㅡ!

쩌저적ㅡ!

"크으윽! 제, 젠장!"

하지만 아더의 그래비티 필드가 더 강한 중력을 가졌는지 성주의 발이 서서히 밀려 나면서 그곳을 중심으로 갈라지기 시작했다.

"이, 이럴 순 없어! 이럴 리가 없다고! 으아악!"

성주가 이를 악물고 자신의 모든 힘을 동원해 아더의 그래비티 필드에 대항했지만 역부족이었다.

쿠쿵–!

"커헉! 쿨럭!"

결국, 자신의 힘보다 더 강한 중력에 무릎을 꿇고 피를 토하는 성주였다.

그 모습에 성주가 처음 등장했을 때 환호하던 병사들의 안색도 검게 변해 가고 있었다.

"서, 성주님이……. 밀리고 있어…….."

"저자가 서, 성주님보다 더 강하다고? 사이킥 파워에도 급이 있는 거야?"

"시온에서 온 자인가? 그러지 않고서 저렇게 강할 리가 없어…….."

"시온의 능력자라면 저런 힘이 가능하지."

병사들이 경악하며 대화를 나누고 있을 때 누군가가 훅 끼어들더니 물었다.

"시온? 시온이 뭔데?"

갑자기 들려오는 목소리에 병사들이 고개를 돌렸고 그곳에는 영웅이 생글거리는 미소를 지은 채 병사들을 바라보고 있었다.

"누, 누구냐! 주, 죽어라!"

깜짝 놀란 병사들이 일제히 영웅이 있는 방향을 향해 총을 겨누고 발사하기 시작했다.

타타탕-!

아더는 그래비티 필드를 사용하던 중에 다시 총소리가 들리자 자신에게 쏘는 줄 알고 고개를 들어 소리가 난 곳을 바라보았다.

"헐, 미친놈들이네. 공격할 곳이 없어서……. 그냥 나한테 당하는 게 훨씬 나을 텐데……."

아더는 혀를 차며 다시 눈앞에 있는 자신의 먹잇감에 집중하기 시작했다.

한편, 영웅에게 총을 난사한 병사들은 아무리 총을 쏴도 웃으며 서 있는 영웅을 바라보며 공포에 빠져들고 있었다.

분명히 정확하게 겨누고 총을 쏘고 있는데 총알을 맞는 것으로 보이지 않았다.

혹시 자신들이 총알이 아니라 공포탄을 넣은 것이 아닌가 사격을 멈추고 탄창을 빼서 확인하는 병사들이었다.

그때 바닥으로 무언가가 후드득 하고 떨어졌다.

뭔가 싶어 시선이 다 그쪽으로 쏠렸고 바닥에 떨어진 것의 정체가 밝혀졌다.

바로 자신들이 지금까지 열심히 쏜 총알들이었다.

"다 쐈니?"

영웅이 웃으며 묻자 병사들이 뒷걸음질을 치며 공포에 질린 얼굴로 더듬거리기 시작했다.

"그, 그걸 다, 다 잡았다고?"

"초, 총알을 설마 손으로 잡은 거야? 우, 움직이는 것을 못 봤는데."

"크, 큰일이야. 저 아래에 있는 괴물처럼 이자도 느, 능력 자인가 봐."

겁에 질린 채 점점 뒷걸음을 치며 거리를 벌리는 병사들에게 영웅이 다시 물었다.

"자, 이제 대답을 해야지? 시온이 뭐냐니까? 응?"

병사들은 대답을 해야 하는지 말아야 하는지 고민하던 바로 그때.

성주의 고통스러운 목소리가 병사들의 귀를 때렸다.

"끄아아악!"

병사들의 고개가 일제히 성주가 있는 곳으로 돌아갔다. 그곳에는 기절한 채 축 처져 있는 성주가 있었다.

그런 성주를 덜덜 떨리는 눈으로 바라보는 병사들에게 미소를 지어 보이는 아더와 앞에서 역시 미소를 지으며 자신들을 바라보는 영웅을 보며 침을 꿀꺽 삼키는 병사들이었다.

아까 아더의 썬더 스톰에 기절한 병사들을 제외하고 남아 있는 병사들은 자신들도 모르게 무기를 땅에 던져 놓고 엎드렸다.

"사, 살려 주십시오!"

가장 강하다는 성주가 아무런 힘도 못 쓰고 제압을 당한 상태다.

자신들 같은 일반인들은 저기 기절해 있는 성주 하나에게도 전멸을 당하는 신세인데 그 성주를 제압한 이들에게는 어떻겠는가.

너무도 쉽게 저항을 포기하고 항복하자 영웅이 입맛을 다시며 중얼거렸다.

"뭐야. 이름은 그럴싸하게 지어 놓고 뭐 이리 싱거워."

영웅의 중얼거림에 엎드린 병사들은 움찔했다.

그사이 아더가 영웅의 곁으로 기절한 성주를 질질 끌며 다가왔다.

"주인, 심심하십니까? 이놈 깨울까요? 그나마 이놈이 힘을 좀 쓰는데 어쩔까요?"

"음……. 일단 깨워 봐. 시온이 뭔지 물어나 보게."

"알겠습니다."

영웅의 말에 아더가 기절한 성주의 **뺨**을 철썩철썩 때리기 시작했다.

킬라쉬는 그곳에 남아 있는 병사들을 진두지휘하며 성안

을 깔끔하게 정리했다.

아더의 썬더 스톰에 지져진 채 기절한 병사들을 한곳으로 모았고 바닥에 떨어진 냄새나는 액체를 치웠다.

"클린!"

킬라쉬의 마법에 냄새나는 액체로 얼룩져 있던 바닥이 말끔하게 치워졌고 지저분했던 것들 역시 정리가 되었다.

그사이 기절한 채 뺨을 얻어맞던 성주가 고통에 눈을 떴다.

"으응……."

"오오! 깨어났습니다. 주인!"

"여, 여기가 어, 어디?"

성주는 정신이 아직 온전히 돌아오지 않았는지 초점 없는 눈으로 중얼거리고 있었다.

짜악-!

정신을 못 차리고 있던 성주는 뺨에 엄청난 고통이 느껴지자 정신이 번쩍 들었다.

놀라서 벌떡 일어난 성주는 멍한 얼굴로 주변을 두리번거리더니 욱신거리는 볼을 어루만졌다.

"윽! 이, 이게 왜……."

그러다가 아더와 눈이 마주쳤고 그와 동시에 기억이 돌아왔다.

성주는 재빨리 아더와 거리를 벌리고는 외쳤다.

"으드득! 이놈! 내가 방심을 해서 당했지만 이제 네놈에게 그런 행운은 없을 것이다!"

성주의 외침에 아더가 웃으며 영웅에게 말했다.

"어떻습니까? 아직 팔팔하지 않습니까?"

"그러네. 손맛 좀 있겠는데?"

"그럼 즐기십시오. 저는 뒤에 있겠습니다."

아더가 영웅의 뒤로 물러가려 할 때였다.

"도망가려는 것이냐! 내가 그러도록 놔둘 것 같으냐! 하앗! 어브셜롯 바인딩!"

순간 아더와 영웅이 멍한 얼굴로 성주를 바라보았다.

그 모습에 성주가 득의양양한 미소를 지으며 외쳤다.

"크크크! 걸렸다! 나의 절대결박에 걸린 이상 네놈들은 거미줄에 걸린 먹잇감에 불과하다. 크크크크, 그대로 박제를 해서 내 집무실에 세워 주지."

성주의 말에 영웅이 고개를 돌리며 아더와 킬라쉬에게 물었다.

"쟤 뭐라는 거냐?"

"글쎄요? 우리를 결박 어쩌고 하겠다는 것 같은데요."

"결박? 뭐가 살짝 감싸는 것 같긴 한데……. 이걸 결박이라고 할 수 있나?"

"이게 결박이면 결박의 뜻이 우리가 아는 결박이랑 다른가 보죠."

"그렇지? 이게 결박일 리가 없지? 내가 잘못 알고 있는 거지?"

"그럼요."

분명 절대결박 기술을 걸었는데 아무렇지도 않게 움직이는 셋을 보고 성주의 눈이 찢어질 정도로 커졌다.

"어, 어떻게? 이, 이 기술에 걸리면 시, 시온의 집정관이라도 움직일 수가 없는데⋯⋯."

떨리는 동공으로 영웅과 아더를 바라보는 성주에게 영웅이 천천히 몸을 움직이기 시작했다.

"더 할 거 있어? 억울하지는 않게 할 수 있는 건 다 해 봐. 혹시 알아? 그중 하나 얻어걸려서 우리가 나가떨어질지. 참고로 앞으로 네게는 지옥이 펼쳐질 테니까, 그 전에 할 수 있는 건 다 해 봐."

영웅의 말에 성주의 눈이 더욱더 세차게 흔들리기 시작했다.

그는 지금 눈 딱 감고 공격을 해야 하나 아니면 지금이라도 가서 용서를 빌어야 하나 고민했다.

그 순간 자신을 바라보는 수많은 병사가 보였고 성주는 이를 악물었다.

절대로 부하들 앞에서 약한 모습을 보이고 싶진 않았다.

"오냐! 네 말대로 할 수 있는 것은 다 해 보겠다! 하앗! 사이킥 붐!"

쯔잉- 쾅-!

성주의 외침과 함께 투명한 파동이 영웅과 아더가 있는 곳으로 모이더니 이내 폭발해 버렸다.

"사이킥 기요틴!"

폭발로 인해 먼지가 풀풀 나는 곳을 향해 성주는 조금의 머뭇거림도 없이 손을 마구 휘두르며 거대한 칼날 모양의 사이킥 에너지를 마구 쏘아 댔다.

훙훙훙-!

투명한 칼날 모양의 사이킥 에너지가 공기를 가르며 날아갔고, 이내 먼지 속에 있는 무언가를 가격하는 소리가 들려왔다.

퍼퍽- 퍼퍼퍽-!

"됐다! 혹시 모르니까 확실하게 해야지! 사이킥 하이퍼 붐!"

쯔잉- 쯔잉- 쯔잉-!

성주의 등 뒤로 투명한 구형의 무언가가 생성되더니 이내 여전히 시야를 가리고 있는 먼지구름 속으로 날아갔다.

쿠콰콰콰쾅-!

성주가 마지막에 날린 기술의 위력은 엄청났다.

성 전체가 진동했고 그 흔들림에 기절했던 이들 중 깨어나는 사람까지 있을 정도였다.

"헉헉! 이, 이 정도면 되었겠지? 아냐! 혹시 몰라! 모두 들어라! 내가 최후의 공격을 할 것이니 그와 동시에 너희도 가용 가능한 모든 화력을 저곳으로 쏟아부어라!"

성주의 외침에 병사들은 바닥에 떨어뜨린 무기를 재빨리 주워 들었고, 전차병들은 재빨리 전차 속으로 들어가 먼지구름을 향해 조준했다.

"쏴라!"

쾅- 쾅-! 투타타타타타-!

드르르르륵-! 탕탕탕-!

전차의 포 소리를 시작으로 온갖 종류의 화기가 먼지구름 속으로 날아갔다.

성주는 먼지구름을 노려보며 자신의 모든 힘을 모았다.

"하앗! 사이킥 피닉스!"

끼아아아악- 화르르륵-!

성주의 머리 위로 거대한 불새가 등장했다.

불새는 영웅과 아더, 킬라쉬가 있던 장소를 향해 맹렬한 속도로 날아갔다.

끼에에에에-!

기괴한 소리와 함께 그곳으로 떨어진 불새는 그 주변을 모조리 녹일 기세로 맹렬하게 타올랐다.

화르르르륵-!

"크하하하! 돌도 녹이는 초열을 견딜 수는 없겠지. 모두 공격 중지!"

성주는 확실하게 이겼다고 생각하고 모든 공격을 중지시켰다.

"크크크. 뭐? 할 수 있는 모든 공격을 다 해 보라고? 병신들, 허세를 부리다가 잿더미가 되었구나. 크하하하!"

성주는 저들이 확실하게 잿더미가 되었다고 확신했다.

방금 마지막에 쓴 기술은 최근에 깨달음을 얻어 한 단계 진화하고 난 후 새로 개발한 기술이었다. 그 엄청난 열기를 버틸 수 있는 것은 세상에 존재하지 않을 것이라 자신하는 그였다.

하지만 그런 성주의 자신감은 먼지구름을 거둬들이는 바람과 함께 서서히 사라져 갔다.

휘이잉-!

바람에 의해 먼지구름이 서서히 걷히자, 그곳에는 맨 처음 공격을 시작할 때와 똑같은 모습으로 서 있는 세 사람이 보였다.

주변은 모두 초토화가 되었는데 그들이 서 있는 공간만 동그랗게 멀쩡한 모습이었다.

먼지가 모두 걷히자 영웅이 뒷짐을 진 채 웃으며 말했다.

"다 했어? 이제 만족하지? 억울하지 않지?"

영웅의 물음에 성주는 입만 뻐금거릴 뿐 아무런 대답을 하지 못했다.

"마지막 공격은 와우! 멋있더라. 이렇게 했던가?"

끼에에에엑-!

영웅이 가볍게 손을 흔들자 성주가 소환했던 불새보다 더 거대한 불새가 기괴한 소리와 함께 하늘 위에 나타났다.

크기도 크기지만 불새가 내뿜는 열기는 성주가 소환했던 불새와는 차원이 달랐다.

어찌나 뜨거운지 주변에 있던 병사들은 순식간에 땀범벅이 되었고, 숨도 제대로 쉬지 못하겠는지 연신 헉헉대기 시작했다.

이글이글-!

공기가 타들어 가는 소리와 함께 영웅이 미소를 지었다.

"좋네. 이 기술은 이제 내 거다."

털썩-!

너무도 엄청난 것을 보아서일까?

성주는 그 자리에서 자신도 모르게 주저앉았다.

파악-!

주저앉은 성주를 보고는 소환했던 불새를 치우고 성주에게로 천천히 걸어가는 영웅이었다.

"나 궁금한 것이 많은데 그렇게 넋이 나가 있으면 어떡해. 어유, 이 땀 좀 봐. 안쓰럽게시리."

그렇게 말을 하는 영웅의 표정에는 안쓰러워하는 기색이 조금도 보이지 않았다.

영웅은 천천히 고개를 숙여 주저앉은 성주의 귀에 대고 속

삭이기 시작했다.

"어쨌든 기회를 주었으니 이제 내 차례지? 나 시작한다. 안 된다고 하면 나 크게 실망할 거야."

그런 영웅을 보며 떨리는 동공과 함께 침을 꿀꺽 삼키는 성주였다.

───◆───

"앉, 일, 앉, 일."

착– 벌떡– 착– 벌떡–!

영웅이 뭐라 중얼거리고 그 앞에 성주가 땀을 뻘뻘 흘리며 앉았다 일어섰다를 반복하고 있었다.

"음, 좋아. 이제 좀 말귀를 알아듣는 것 같네. 이제 묻는 거에 성실하게 대답할 거지?"

"그렇습니다! 무엇이든 물어봐 주십시오! 저는 영웅 님의 질문에 충실히 답할 준비가 완벽하게 되어 있습니다!"

자신이 낼 수 있는 최대한의 옥타브로 소리 내며 대답하는 성주였다.

성주가 무너지는 데는 오래 걸리지도 않았다.

단 한 번, 갱생무적술을 당하고 나서부터 영웅의 말에는 절대복종하고 있었다.

갱생무적술은 영웅이 만든 기술에 붙여진 이름이었다.

제약을 하기 위해 만들어진 기술이 점점 발전해서 현재에 이르게 되었다. 계속 제약이라고 부르기 뭐해서 아예 기술명을 만들었고 그것이 바로 갱생무적술이었다.

일단 이 기술에 당하면 영웅이 풀어 줄 때까진 인간이 경험할 수 있는 최고의 고통을 느껴야 하고, 그 고통은 절대로 익숙해지지 않았다.

더 무서운 점은 기절도 못 하고 죽지도 못한다는 점이다.

기술에 정신 강화와 리스토어의 기운까지 들어가 있기 때문이었다.

온몸의 근육과 신경 들이 한 가닥, 한 가닥씩 끊어지고 불에 지져지고 얼어붙는 그런 고통이 끊임없이 반복되었다.

거기에 뇌전의 기운까지 섞여 있기에 전기 고문을 당하는 효과는 덤이었다.

한마디로 인간이 경험할 수 있는 모든 고통을 전부 극한까지 겪게 해 주는 기술이었다.

더 무서운 것은 이 모든 것들을 겪는데도 몸에는 아무런 이상이 없다는 것이다.

즉 완전히 건강한 신체로 언제 끝날지 모르는 고통을 경험해야 한다는 뜻.

성주가 굴복한 것도 다른 것이 아니라 영웅의 단 한마디였다.

―어때? 맛보기였는데? 대답을 어찌하냐에 따라 방금 맛본 그것이 평생 갈 수도 있고 맛보기로 끝날 수도 있어.

잠깐이었지만 성주가 느낀 고통과 공포는 상상을 초월했다.

그는 지금 죽는 것보다 더 큰 공포가 있다는 사실을 깨닫고는 이렇게 최선을 다해 영웅의 질문에 답하고 있었다.

"자, 가장 궁금했던 것부터 물어볼까? 시온이 뭐야?"

"네! 시온은 이 세상에 남아 있는 인류의 마지막 낙원을 지칭하는 것입니다!"

"어디에 있는데?"

"바, 바다 건너에 있는 거대한 도시를 지칭한다고 합니다. 듣기로는 도시라기보단 거대한 요새와 같다고 합니다."

"바다 건너 거대한 요새? 어딘지는 모르고?"

"저, 저도 전해 들은 이야기라 정확한 위치는 잘 모릅니다. 다만, 그 안은 과거에 푸르렀던 지구의 환경이 완벽하게 갖춰져 있다고 합니다."

"가만, 외계인들이 지구를 침략했다며. 그런데 그렇게 거대한 요새를 지으면 외계인들이 가만히 두나? 외계인들을 방어하기 위해 만든 건가?"

"그, 글쎄요. 저도 잘은 모릅니다. 한 가지 확실한 것은 시온이 생긴 뒤로 외계인들이 모두 철수했다는 것입니다. 그래서 사람들은 그곳이 인류 최후의 방어 거점이라고 생각합니다."

"얼마나 엄청난 요새를 만들었길래 외계인이 물러갈 정도일까? 가 보고 싶은데."

"그곳은 선택받은 자들만이 살 수 있는 곳입니다. 지금까지 아무도 그 요새에 발을 들여놓은 자가 없다고 들었습니다. 외부에서 오는 적은 그곳의 방어 시스템이 즉결 처분을 한다고 하더군요. 특별한 능력을 각성한 능력자들도 그곳을 넘으려고 하면 죽음을 면치 못한다고 합니다."

"그것참 사람 호기심 돋게 만드네."

영웅이 입술을 혀로 할짝거리며 눈을 반짝였다.

일단 여기부터 마무리하고 다녀올 생각이었다. 찾는 건 어렵지 않을 것이다.

거대한 요새라고 했으니 대기권에 올라가서 찾으면 금방 찾을 것이다.

'어차피 의뢰받은 사람 찾기도 해야 하고.'

대기권에 올라간 김에 의뢰받았던 마르코의 조카도 찾아볼 생각이었다.

각성자니까 나노 머신의 기운을 찾으면 될 일이었다. 지금 자신의 능력이라면 그다지 어려운 일도 아니었다.

그리 생각하고는 다시 엑센트를 바라보며 말했다.

"외계 종족이 물러갔다고 하면 서로 힘을 합쳐서 다시 잘 살아 볼 생각을 하고 뭉쳐야지. 약간의 능력을 얻었다고 다른 이들 위에 군림하며 착취하고 그러면 안 되지."

"죄송합니다……. 이곳에서는 제가 가진 힘을 이길 자가 없었기에……. 저도 모르게 그렇게 되었던 것 같습니다. 반성하고 있습니다."

영웅에게 당한 사람들의 특징이 이거다.

자신들도 모르게 악한 마음을 잃어버리는 것.

그것이 바로 영웅이 가진 기운의 힘이다.

악인들은 영웅의 기술에 당하면 그 안에 들어 있는 영웅의 기운에 악한 기운이 중화된다.

그것을 극대화해서 아예 그 인간 자체에 있는 악한 기운을 정화해 버리는 퓨러퍼케이션(정화)이라는 기술도 있었다.

성주, 엑센트 역시 영웅의 기운에 의해 악한 기운이 많이 사라진 상태였다.

"다시 기회를 주신다면 사람들을 위해 살겠습니다."

엑센트의 말에 영웅이 그를 지그시 바라보았다.

'눈빛이 맑아졌군. 훗, 그나저나 저놈이 가진 기운을 어디서 느꼈더라?'

어디선가 느껴 본 기운인데 쉽게 생각이 나질 않았다.

'에이, 하도 많은 사람을 만나서 그런가 보다.'

이내 기억나지 않는 머리를 흔들고는 엑센트에게 말했다.

"좋아, 누구나 실수는 하는 법이니까. 기회를 주지. 이곳을 보니 그래도 제법 사람들을 다룰 줄 아니 기회를 주는 거야."

"가, 감사합니다. 사람들과 힘을 합쳐서 이곳을 살기 좋은 세상으로 만들어 보이겠습니다."

"척박한 땅인데 어찌 만들려고?"

"그, 그건……."

"강물도 없고, 땅은 푸석푸석해서 메말라 있고. 사방에서 먼지바람이 몰아치는 이런 곳에서 어떻게 살기 좋은 세상을 만든다는 거지?"

영웅의 말에 엑센트가 할 말이 없는지 침울한 표정으로 고개를 숙였다.

그런 엑센트를 보고 영웅이 웃으며 말했다.

"바꿔 줄 테니 잘해야 해. 알았지?"

"네?"

엑센트는 영웅이 하는 이야기가 무슨 뜻인지 이해를 하지 못했다.

무엇을 바꿔 준단 말인가?

설마하니 이곳의 환경을 바꿔 주겠다는 소린가?

엑센트는 그런 생각을 했다가 이내 고개를 저었다.

자신이 생각해도 말도 안 되는 상상이었다.

인간이 무슨 능력으로 그런 엄청난 짓을 한단 말인가.

말도 안 되는 상상을 해서 어이가 없었는지 엑센트는 자신도 모르게 피식 웃었다.

그 모습에 영웅이 물었다.

"뭐야? 비웃네?"

"네? 아, 아닙니다! 자, 잠시 말도 안 되는 상상을 해서 그
만……. 죄송합니다!"

"말도 안 되는 상상? 그게 뭔데?"

영웅의 물음에 엑센트는 자신이 상상했던 것을 조심스럽
게 말했다.

"여, 영웅 님이 이곳을 푸르게 만드는 상상을 했습니다.
하하……. 죄송합니다. 너무 허무맹랑한 상상을 했습니다."

"어? 어떻게 알았어? 그렇게 만들어 주려고 했는데."

"네?"

엑센트가 자신도 모르게 되물었다.

"네 말대로 해 줄게."

"그, 그게 무슨 말씀이신지?"

어리둥절해하면서 당황하는 엑센트를 바라본 영웅이 손을
천천히 들어 올렸다.

"지금부터 엄청난 것을 보여 줄게. 잘 봐."

영웅의 말이 끝남과 동시에 영웅의 손에서 초록빛의 기운
이 몽실몽실 피어오르더니 이내 거대해지기 시작했다.

순식간에 거대해진 그 기운은 마치 거대한 초록빛의 구름
을 보는 것 같았다.

초록빛의 구름 모양 기운 주변에는 마치 금가루가 반짝이

듯이 기운 전체가 반짝이고 있었다.

영웅은 그 기운을 하늘 위로 던졌다.

"내츄럴 리제너레이션!"

리스토어의 최종 진화 버전이었다.

리스토어가 인간이나 생명체를 대상으로 하는 것이라면 내츄럴 리제너레이션은 죽어 가는 거대한 자연 자체를 되살리는 기술.

영웅이 강해지겠다는 생각과 함께 수련하면서 얻은 깨달음의 결정체였다.

어느새 하늘 위로 올라간 구름 모양의 기운이 그 지역을 덮을 정도로 넓게 퍼지기 시작했다.

일정 크기로 커진 기운이 이내 천천히 하강하더니, 이내 대지와 접촉하며 천천히 스며들었다.

마치 휴지 위에 떨어진 물방울이 적셔 들어가는 것처럼 퍼지기 시작한 기운.

그리고 사람들은 보았다.

기적이라는 것을.

초록빛 기운이 대지를 적셔 가더니 순식간에 푸른 생명체들이 땅에서 솟아오르기 시작했다.

황토 빛깔의 대지는 짙은 갈색빛의 비옥한 토지로 바뀌어 갔고 비옥해진 토지 위로 기적처럼 수많은 식물이 우후죽순으로 자라났다.

어느 식물은 자라나면서 나무로 변했고 이내 점점 더 커졌다.

성을 중심으로 척박했던 땅이 언제 그랬냐는 듯이 초록빛으로 물들어 갔다.

그리고 어디서 생겨났는지 갑자기 개울물이 생기고 여러 개의 개울물이 모여 강물이 되고 있었다.

"마, 맙소사……. 이, 이게……. 지금 내가 보고 있는 것이…… 꿈인가?"

엑센트는 지금 자신이 보고 있는 엄청난 광경에 입에서 침이 떨어지는 것도 모른 채 중얼거리고 있었다.

엑센트뿐 아니라 그곳에 있는 사람들이 이 엄청난 광경을 보고는 하나둘씩 바닥에 엎드렸다.

이들은 영웅을 신이라고, 자신들을 구원해 주기 위해 신이 강림한 것이라고 생각했다.

누가 보아도 그렇게 생각할 수밖에 없는 상황이었다.

사막 같았던 성 주변의 풍경이 울창한 숲과 어느새 흐르기 시작한 개울물, 강물로 둘러싸인 모습으로 바뀌기까지 그리 오래 걸리지 않았다.

한편, 영웅 역시 자신이 기술을 쓰고 많이 놀란 상태였다.

'뭐, 뭐야? 이 엄청난 광경은? 이, 이렇게 빠르다고? 이상하네? 내가 전에 테스트했을 때는 이 정도까지 아니었는데?'

분명히 이 기술을 개발하고 사용했을 때는 푸른 새싹들이 자라나고 수풀까지는 되었는데, 지금은 수풀이 아니라 아예 오래전에 형성된 것 같은 울창한 숲이 완성되어 있었다.

　시간이 갈수록 강해지고 있다는 것을 자각하지 못하는 것이다.

　천천히 강해지고 있기에 더더욱 느끼지 못하고 있었다.

　잠시 놀라던 영웅은 이내 평소의 그로 돌아왔다.

　'뭐 어때. 성능이 뛰어나면 좋은 거지.'

　좋은 게 좋은 거라고 그냥 그렇게 생각하기로 한 영웅이었다.

　그렇게 마음을 정리하고 있을 때 옆에서 멍한 모습으로 세상이 격변하는 것을 보던 아더가 고개를 천천히 영웅 쪽으로 돌렸다.

　그의 눈은 세상 누구보다 초롱초롱하며 경외심으로 가득 차 있었다.

　옆에 있던 킬라쉬 역시 부담스러울 정도로 엄청난 눈빛을 보내고 있었다.

　"그런 눈빛은 좀 부담스러운데?"

　"부담스럽다니요? 주인! 정말로 존경합니다!"

　"저 역시 아더 님과 같습니다! 존경합니다!"

　"그, 그래. 고맙다."

　아더와 킬라쉬가 존경한다고 말하는 그때 바로 옆에서 우렁찬 목소리가 들려왔다.

"저 역시 존경합니다! 시, 신이시여! 이제부터 이 엑센트! 신께 충성과 저의 모든 것을 바칠 것입니다!"

엑센트였다.

엄청난 광경을 보고 감동이 한계치까지 오른 그는 영웅을 보자마자 그의 종이 되겠다는 마음을 먹었다.

그리고 아더와 킬라쉬의 대화를 듣고 자신도 모르게 외친 것이다.

그 외침은 곧 파도가 되어 그곳에 있는 모든 사람에게 퍼져 나갔다.

"신께 충성과 저희의 모든 것을 바칠 것입니다!"

사전에 연습이라도 한 것처럼 하나가 되어 있는 힘껏 외치는 그들.

이런 경험을 많이 해서인지 영웅은 이제 아주 태연하게 신 행세를 했다.

"그래, 앞으로 지켜보겠어. 자, 그럼 이제 어서 사람과 평화를 세상에 전해라. 너희가 그동안 괴롭혔던 사람들도 모두 데려와서 이곳에 정착하게 하고."

"네! 알겠습니다! 다들 들었지! 신께서 우리에게 계시를 내려 주셨다! 가자! 신의 사자들이여!"

"와아아아아!"

얼핏 보면 광기에 찬 모습으로 하나같이 앞다투어 움직이기 시작하는 사람들이었다.

　　　　　　　　　　⌒

　아무런 소리도 들리지 않는 고요한 대기권 속에 영웅이 지
상을 내려다보며 집중하고 있었다.
　그렇게 한참 동안 아무런 움직임도 없이 눈을 감고 집중하
다가 어느 순간 눈을 번쩍 뜨며 미소 지었다.
　"찾았다!"
　영웅은 마르코의 조카를 찾기 위해 정신을 집중해서 지구
상에 존재하고 있는 나노 머신의 기운을 느끼려 했고, 곧 그
것을 찾은 것이다.
　곧바로 영웅은 그 기운이 느껴지는 곳으로 순간 이동을 했
다.
　퓨슝-!
　기운이 느껴지는 곳의 하늘에 도착하니 지금까지 봐 온 지
구와는 완전히 다른 세상이 그곳에 펼쳐져 있었다.
　지금까지 봐 온 지구는 황량하고 인간들이 보이지 않는 사
막 같은 모습이었는데, 이곳은 미래의 세상인 듯 깔끔한 건
물과 푸르른 식물들이 넘쳐 나는 도시가 끝도 없이 넓게 펼
쳐져 있었다.
　하늘 위로는 사람을 태운 듯한 비행체들이 날아다니고 있

었고 투명한 유리관 속으로 열차들이 움직이고 있었다.

도시를 감싸고 있는 높디높은 성벽 주변은 날아다니는 기계들이 감시하고 있었다. 화려한 도시를 감싸고 있는 성벽 주변은 성벽 안쪽과는 달리 다른 곳처럼 황량한 사막이었다.

"뭐야, 여긴? 완전히 다른 세상인데? 혹시 여기가 엑센트가 말한 시온인가?"

성의 안쪽으로 끝도 없이 펼쳐진 도시와 수풀이 이곳이 인류 최후의 도시 시온이라고 말하고 있는 것 같았다.

"의외인데? 저 안에는 엑센트와 같은 능력자들이 바글거리고 있어. 거기에 엑센트에게서 느꼈던 기운이 저곳에 있는 사람들에게서 느껴지고 있다. 뭐지?"

영웅은 일단 저곳을 들어가 보기로 하고 누구도 자신을 볼 수 없도록 몸을 투명화한 채 이동했다.

그 순간 푸른색의 광선이 영웅의 몸을 강타했다.

쯔아아앙-!

레이저의 빛은 영웅의 몸을 뚫지 못하고 가슴팍에 푸른색만 뿌리고 있었다. 그 크기가 영웅의 몸통 전체를 비출 정도였다.

하나의 광선으로 영웅이 격추되지 않자 여기저기서 다른 광선들이 영웅을 향해 공격을 시작했다.

쯔앙- 쯔아앙-!

이내 영웅의 몸 이곳저곳이 푸른빛으로 뒤덮었고 영웅은

미소를 지으며 그것을 즐겼다.

"마침 찌뿌둥했는데 이렇게 풀어 주는군."

영웅은 그것을 즐기기라도 하는 듯이 몸을 이리저리 돌리며 결린 곳을 풀고 있었다.

"그나저나 방어가 대단하다더니 정말이네? 이 정도 파워의 레이저라면 정말로 외계 종족으로부터 방어도 가능하겠는데? 아더가 와도 이 위력이면 죽을지도 모르겠군. 거기에 투명화한 나를 발견하고 공격한 것도 대단하고."

현재 영웅 다음으로 강하다는 아더도 죽일 수 있는 위력의 광선이었다.

눈을 돌려 성을 바라보자 성 여기저기에 거대한 레이저 포대가 눈에 들어오기 시작했다.

성을 꾸미는 장식 정도로 보였던 것은 사실 방어를 위한 레이저 포대였던 것이다.

한편, 난데없이 광선들이 일제히 허공을 향해 공격하자, 안에서는 무슨 상황인지 파악하기 위해 분주히 움직이기 시작했다.

하얀빛들이 가득한 넓은 공간에 수십 개의 의자가 마름모꼴로 놓여 있었고 그 의자에 앉은 푸른 옷을 입은 사람들이 연신 자신들 앞에 있는 작은 홀로그램들을 건드리며 집중하고 있었다.

중심에는 성을 전체적으로 보여 주는 거대한 홀로그램이 자리하고 있었다. 그 앞에는 하얀색 옷을 입은 자들이 홀로그램 속에서 보이는 레이저 포대의 움직임을 바라보며 심각한 얼굴로 대화를 나누고 있었다.

"뭐야? 갑자기 방어 시스템들이 왜 저래?"

"모, 모르겠습니다! 갑자기 허공을 향해 공격을 시작했습니다!"

"사방을 경계해! 혹시 클로킹 모드로 들어오는 불청객일 수도 있으니 입자 파동 레이더도 작동시켜!"

"알겠습니다!"

"대장님! 여길 보십시오!"

그 순간 다른 곳에 앉아 있던 또 다른 사람이 중앙에 있는 대장을 향해 외쳤다.

"뭔가!"

"여, 여기를 보시면 방어 시스템들이 무언가를 공격하고 있습니다. 그런데 푸른 점들이 모여 있는 형상을 보면……."

"인간?"

"그렇습니다! 사람의 형상을 하고 있습니다!"

"마, 말도 안 돼! 저게 어떤 무기인지 자네도 잘 알지 않는가!"

"압니다! 그러니 대장님께 보고를 드리는 것이 아닙니까!"

대장이라 불린 하얀 옷을 입은 남자가 떨리는 동공으로 부하가 보여 주는 홀로그램을 바라보았다.

　　그러자 부하가 떨리는 목소리로 조심스럽게 말했다.

　　"호, 혹시 그, 그들이 이곳을 바, 발견한 것은 아닐지……."

　　"아니다. 그들이었다면 벌써 이곳은 박살이 났겠지. 저건 그들과 '다른 종'이다. 너도 알지 않느냐. 저 양자파동포(陽子波動砲)는 '그들'을 상대하기 위해 만들어진 무기라는 것을 말이야."

　　"그럼 저건 뭘까요? 양자파동포를 정면으로 맞고도 아무렇지 않게 서 있습니다."

　　"뭐가 되었든, 우리에게 좋은 소식 같진 않아 보인다. 상부에 당장 보고하고 혹시 모를 상황에 대비하라고 전해!"

　　"알겠습니다!"

다음 권으로 이어집니다

빌런 경찰 이진우

이해날 현대 판타지 장편소설

『어게인 마이 라이프』작가 이해날의
뒷목 잡는 특제 막장 복수극이 펼쳐진다!
『빌런 경찰 이진우』

인수합병을 통해 굴지의 대기업 진백을 세운 백동하
임종의 순간, 믿었던 가족과 친구에게 배신당하고
과거와 미래를 보는 능력을 가진 경찰 이진우로 깨어나다!

배신자들에게 지옥을 보여 주기로 결심한 진우는
특별한 능력과 기업사냥꾼으로서의 지식을 활용해
경찰로서 진백을 공략하기 시작하는데……!

전직 회장이 보여 주는 기업사냥의 진수!
상상을 뛰어넘는 대기업 흔들기가 시작된다!